SÉDUCTION

Didier et Méricant, Editeurs, 1, rue du Pont-de-Lodi, Paris

EN VENTE

Chez tous Libraires, les Marchands de Journaux et dans les Bibliothèques des gares

NOUVELLE COLLECTION ILLUSTRÉE

à 20 centimes le volume

OUVRAGES PARUS :

N° 1. — **AMOUR D'ENFANT**, par J. Mary.
N° 2. — **LA JEUNE SIBÉRIENNE**, par X. de Maistre.
N° 3. — **BONHEUR BRISÉ**, par A. Duchatelle.
N° 4. — **PÉCHÉS ROSES**, (1re série) par Ch. Aubert.
N° 5. — **L'ÉPREUVE**, par Charles Des ys.
N° 6. — **AUTOUR DE LA GAMELLE**, pa L. Marville.
N° 7. — **AUTOUR DE LA LUNE DE MIEL**, par P. Pausolle.
N° 8. — **PETITS PÉCHÉS**, par Ch. Monselet.
N° 9. — **L'INGÉNU**, roman de Voltaire.
N° 10. — **LES AMOURS DE JEANNETTE**, p. L. Marville.
N° 11. — **UN JOUR D'ANGOISSES**, par Paul Ginisty.
N° 12. — **ROSE-CLAIRE**, par L. Marville.
N° 13. — **CŒURS D'ÉLITE**, par E. Moret.
N° 14. — **LES FEMMES QUI AIMENT**, par Fortunio.
N° 15. — **MANON LESCAUT**, (tome I) par l'Abbé Prévost.
N° 16. — **MANON LESCAUT** (tome II) par l'Abbé Prévost.
N° 17. — **CONTES ET NOUVELLES**, par La Fontaine.
N° 18. — **LE BOULET D'OR**, par J. Mary.
N° 19. — **L'ÉVENTAIL ROUGE**, par L. Marville.
N° 20. — **LES DEUX BOUVIERS**, par Walter Scott.
N° 21. — **LA DOT DE SUZETTE**, par Fiévée.
N° 22. — **A BRULER**, p. J. Lermina.
N° 23. — **ZADIG**, par Voltaire.
N° 24. — **CONTES ET NOUVELLES**, (tome II) p. La Fontaine
N° 25. — **MARIAGE AUX ROSES**, par L. Marville.
N° 26. — **PÉCHÉS ROSES**, (2e série) par Ch. Aubert.
N° 27. — **TANTE BERTHE**, par G. de Peyrebrune.
N° 28. — **LA VERTU DE LOLOTTE**, par M. Ordonneau.
N° 29. — **CHANVALLON**, par Ch. Monselet.
N° 30. — **CONTES DU PAYS DE L'OR**, par Bret-Harte.
N° 31. — **PAUL ET VIRGINIE** (tome I) par Bernardin de St-Pierre.
N° 32. — **PAUL ET VIRGINIE** (tome II) par Bernardin de St-Pierre.

Voir à la page suivante la suite du Catalogue des ouvrages parus

LÉO MARVILLE

SÉDUCTION

PARIS

DIDIER & MÉRICANT, ÉDITEURS

1, RUE DU PONT-DE-LODI, 1

NOUVELLE COLLECTION ILLUSTRÉE

(Suite du Catalogue)

N° 33. — **VOYAGE AUTOUR DE MA CHAMBRE**, par X. de Maistre.
N° 34. — **CONTES**, de Perrault.
N° 35. — **LE TRAIT D'UNION**, par Lemercier de Neuville.
N° 36. — **AU MESS**, p. L. Marville.
N°s 37 et 38. — **LA RELIGIEUSE**, (tome I et II) par Diderot.
N° 39. — **PRINCESSE**, par G. de Peyrebrune.
N° 40. — **LA VEUVE DES HIGHLANDS**, par Walter Scott.
N° 41. — **SÉDUCTION**, par L. Marville.
N° 42. — **NOS FEMMES**, par Albin Valabrègue.
N° 43. — **ÉMILIE JEMMY**, par Gérard de Nerval.
N° 44. — **LA GUERRE DES DIEUX**, (1re série) par Parny.
N° 45. — **LE LION AMOUREUX**, par Frédéric Soulié.
N° 46. — **LE DOGE DE VENISE**, par Hoffmann.
N° 47. — **LA VENGEANCE D'UN SAVANT**, p. A. Bleunard.
N° 48. — **THÉODORE**, par Pigault-Lebrun.
N° 49. — **LA CUISINIÈRE DU FOYER**, par H. Lozeral.
N° 50. — **LES SÉDUCTRICES**, par P. Féval fils.
N° 51 — **LA VIEILLE CHANSON FRANÇAISE**, ***.
N° 52. — **VOYAGES DE GULLIVER**, par Swift.
N° 53. — **CONTES ET NOUVELLES**, (tome III) La Fontaine.
N° 54. — **LA GUERRE DES DIEUX**, (2e série) par Parny.
N° 55. — **LA DETTE D'HONNEUR**, par D. Fabrice.
N° 56. — **USAGES DU MONDE**, p. la Baronne de Savernon.
N° 57. — **LA SIMONNE**, par Ch. Deslys.
N° 58. — **CROIX ET MÉDAILLES**, par L. Marville.
N° 59. — **ATALA**, par Chateaubriand.
N° 60. — **L'HOMME AUX TREIZE LITS**, par D. Fabrice.
N° 61. — **LES ENFANTS D'ÉDOUARD**, par Casimir-Delavigne.
N° 62. — **LA PATTE DU CHAT**, par Gourdon de Genouillac.
N° 63. — **LA VIEILLE CHANSON FRANÇAISE** (2e série), ***.
N° 64. — **LA DÉCOUVERTE DE CUBA**, par J. de Riols.
N° 65 — **PÉKINS ET TROUBADES**, p. Gaston Cerfbeer.
N° 66. — **LE BOYARD**, par Alexis de Pietneff.
N° 67. — **L'ARMOIRE A SINGE**, par Delphi Fabrice.
N° 68. — **CONTES DU PAYS DE L'OR**, p. Bret Harte (2e série).
N° 69. — **DAPHNIS ET CHLOÉ**, par Longus.

Envoi franco de chaque volume au choix, par poste . . .					contre	**0 fr. 30**
—	—	25	—	— par colis postal.	—	**5 fr. »**
—	—	45	—	—	—	**9 fr. »**
—	—	90	—	—	—	**18 fr. »**

SÉDUCTION

UN CHENAPAN !

DÉCEMBRE, mois des neiges et du gel, avait ouaté le sol et drapé de blanc les buissons et les cépées. Il était quatre heures du soir, un soleil de cuivre rouge incliné sur un ciel enfumé de brume semait ses pâles étincelles aux pendeloques de givre accrochées aux rameaux des arbres. On n'entendait aucun chant d'oiseau; un silence de mort régnait dans la forêt ensevelie dans son suaire de frimas.

Sur le sentier du Grand-Chêne, Jean Vivant, le vieux forestier de la Mare-aux-Loups marchait d'un bon pas. Après une journée entière employée à surveiller l'exploitation de la coupe vendue à M. Frapier, le riche marchand de bois de Stenay, il rentrait au logis, sifflotant une fanfare de chasse.

Quand, à l'orée du bois, le bonhomme atteignit sa maison, la nuit avait jeté son manteau de ténèbres sur la terre. A la fenêtre illuminée par le reflet d'une flamme claire sautillant dans la cheminée, une ombre apparaissait. Jean Vivant murmura :

— La petite s'impatiente ; elle épie mon retour.

Et il doubla les enjambées.

Dans sa niche, Pataud, le chien du garde, aboya. La porte s'ouvrit, une silhouette se campa sur le seuil, en pleine lumière. L'homme s'était arrêté pour caresser l'animal.

— Eh bien ! vilain père, fit une voix au timbre charmant, on salue les bêtes avant les gens à cette heure !

— Cela n'empêche pas d'aimer mieux sa fille, riposta le forestier.

Et deux baisers sonores ponctuèrent sa réponse.

Jean Vivant entra, souriant à Jeanne, son enfant, adorable fillette à son seizième printemps, lys et rose, grâce et candeur.

Une bonne odeur de choux et de lard, ce mets favori du Lorrain, parfumait la cuisine. Le couvert était mis; le forestier s'assit.

— Dos au feu, ventre à table, dit-il, je me sens heureux de vivre et grand appétit ce soir. A table, petite, deux mots à la soupe.

Ayant ainsi parlé, il découvrit la soupière fleurie de coquelicots saignants. Une odorante buée monta en volutes.

— Cela embaume l'estomac, reprit-il. Et copieusement il chargea de pain trempé l'assiette de sa fille et la sienne.

Le potage expédié, le père et la fille attaquèrent lard et choux à belles et bonnes dents; puis, pour « faire de bon mortier », arrosèrent le tout d'un verre de ce petit vin gris qu'on récolte aux environs de Stenay.

— Ni ni, c'est fini, déclara Jean Vivant. J'ai dîné comme un empereur. Le dos me brûle, au ventre maintenant, retournons la bête.

Il fit faire demi-tour à sa chaise et se trouva sans dérangement les pieds sur les chenets, les mains croisées sur l'estomac, les pouces tournant.

A la lueur joyeuse du foyer, son regard chargé de béatitude errait, suivant Jeanne qui déjà rangeait les faïences sur le dressoir et la miche dans le bahut de vieux chêne.

— Qu'as-tu fait de ta langue aujourd'hui, petite? interrogea-t-il.

— S'il te plaît, j'ai chanté, répondit-elle, et taillé une bavette avec Pataud qui s'ennuyait.

— Et de tes dix doigts, ma mésange?

— Ma toilette d'abord, mon ménage ensuite. Ce n'est pas tout, j'ai reçu visite d'un beau monsieur de la ville.

— J'ai relevé sur la neige l'empreinte d'une botte. Gageons que je nomme ce beau monsieur.

— Ah! c'est monsieur...?

— Frapier de Stenay, le marchand de bois.

— Perdue, la gageure. Un gage, embrassez-moi

— Qui perd gagne, dit en riant le forestier.

— S'il en est ainsi, je te rends ton baiser; et elle vint l'embrasser à son tour.

— Qui donc s'est dérangé pour Mlle Jeanne Vivant?

— Robert Baudrant.

— Le commis de la scierie. Que te voulait-il?

— Cela, je l'ignore, il ne me l'a pas dit. Me voir sans doute. Il passait par hasard, il est entré.

— Par hasard aussi, n'est-ce pas? Et tu l'as acueilli avec plaisir...

— Dame! je n'avais plus rien à conter à Pataud et m'ennuyais autant que lui.

Le forestier eut un bon sourire.

— Il me semble que le hasard amène souvent

Robert Baudrant sur la route de la Mare-aux-Loups, reprit-il. Il faudra bientôt que maire et curé s'en mêlent.

Les joues roses de Jeanne se nuancèrent d'incarnat.

— C'est son chemin pour aller au bois, murmura-t-elle.

— Et peut-être ne lui déplairait-il pas de rencontrer aussi, chemin faisant, bonne table, bon gîte et une excellente petite ménagère. On lui en touchera deux mots.

La jeune fille se jeta au cou du bonhomme.

— Oh ! père, fit-elle, que tu es bon !

— Tu l'aimes donc, ton beau monsieur ?

— Il est si mignon, sa voix est si câline quand il me dit : « Bonjour, mam'selle Jeanne. »

Le forestier affecta tout à coup la sévérité.

— Je ne veux plus qu'il te parle ainsi...

Interdite, la jeune fille l'interrogea de son regard candide et suppliant.

Il n'y put tenir et se hâta de conclure :

— J'entends qu'il te nomme : Mme Baudrant.

— Le vilain père, que j'ai eu peur ! Et combien Robert avait raison de redouter le retour de cette barbe blanche.

Huit heures sonnaient au coucou. Jean Vivant se leva :

— La chandelle est morte, le feu s'éteint,

le grillon dort. Couchons-nous; beaux rêves, fillette.

Robert Baudrant, le commis, un petit brun aux traits efféminés, à l'œil doucereux, aux paroles mielleuses, fleurant le patchouli, bien vêtu, bien couvert, avait jugé bon de déguerpir sans attendre le forestier. Le drôle jouait l'amour sincère en tête à tête, mais il trouvait le jeu sans intérêt et périlleux en présence de témoin. Il avait donné rendez-vous au café du Commerce, prétextait-il. Quand Robert ouvrit la porte du café, Isidore Latour, son ami, bellâtre prétentieux, buvait somnolent.

— Eh bien ! demanda l'ami d'un ton cynique, la Vivant est toujours cruelle ?

Il eut un geste ignoble.

— Dégoûtant ! répondit-il. Si je ne veux en être pour mes frais, il me faut promettre le sacrement. Et encore, cette petite est d'un bête, on n'a pas idée de cela. Fort heureusement, elle est folle de moi et toujours seule. Je finirai bien par décrocher la timbale à la force du poignet.

— Et ensuite ?

— Ensuite, la rigolade, parbleu ! Tant qu'il n'y aura pas de bobo.

— Prends garde, Jean Vivant ne plaisante pas ; Pierre, son fils, revient du service dans quelques mois ; c'est un gars qui n'est pas manchot.

— Je m'en moque comme de ma première amoureuse. Au premier nuage, éclipse ! La petite me fait poser, ça se paie en poudre d'escampette.

— Ce qu'il est rosse, tout de même ! s'exclama Latour abasourdi. Au fait, pourquoi n'épouses-tu pas ? La fillette a du galbe, le père a des écus, dit-on.

Robert Baudrant tordait devant une glace sa moustache empoissée de cosmétique, il pirouetta sur les talons.

— Me passer la corde au cou, fit-il méprisant, à mon âge, quand on a mon physique ! Ah ! mais non. Courtiser la brune et la blonde avant que jeunesse se passe ; à la veille des rhumatismes, épouser le sac, voilà comment je comprends l'existence. On est sur terre pour son bonheur, pas pour celui d'autrui. J'agis en conséquence.

— Un peu canaille cela, objecta Latour.

— Canaille, mais pratique. Et le chenapan ajouta : Je te joue nos consommations au piquet, veux-tu ?

— Je refuse, tricher au jeu, cela doit entrer dans ton programme.

— Peut-être, ricana-t-il. Eh bien ! je paie mon écot, paie le tien et sortons. Nous irons jusqu'au couvre-feu traîner nos guêtres aux environs des casernes. Certainement, nous trouverons là ce que m'a refusé cette pimbêche de la Mare-aux-Loups.

Laissons Robert Baudrant et Isidore Latour en quête de bonnes fortunes banales et gratuites ; revenons à cette gracieuse et sympathique Jeanne Vivant.

Depuis plusieurs jours, les plus longs qu'elle eût vécu, la jeune fille n'avait pas vu son « beau monsieur de la ville ». Elle se désespérait, la pauvre, et Pataud le bon chien, son confident, ne parvenait pas à la distraire.

— Ne m'aimerait-il plus ? pensait-elle à toute heure du jour. Ou l'aurais-je offensé par mégarde ?

Elle repassait en son esprit tous les incidents de la dernière entrevue. Elle se souvenait maintenant : A un moment donné, Robert l'avait saisie ; il l'avait étreinte sur sa poitrine, passionnément, avec des gestes et des mots troublants.

Elle s'était défendue, attristée, confuse et près de défaillir. Pataud ayant grondé, montré les crocs, il avait lâché prise, moins à cause de ses supplications à elle que par crainte du chien.

Mais son regard mauvais, un jeu de physionomie inquiétant, avaient terrifié la mésange de la Mare-aux-Loups.

Elle se demandait avec angoisse : « Est-ce donc l'amour, cet emportement brutal que n'apaisent pas les pleurs de la bien-aimée ? Faudra-t-il me soumettre à de cruelles exigences pour conserver cet amour ? »

Hélas! son cœur d'enfant palpitait; elle se disait : « Je l'aime, je l'aime. » Et ces mots que, dans sa solitude, elle prononçait tout haut avec ferveur, lui semblaient si doux qu'elle se sentait résignée à tous les sacrifices pour revoir cet amoureux si désirable, dont les lèvres ardentes avaient cueilli le baiser sur ses levres, dont la voix mélodieuse avait, pour la première fois, murmuré à son oreille cette tendresse exquise : « Je t'aime. »

O naïveté touchante d'un premier et pur amour, Jeanne se promettait de solliciter son pardon ! Afin de l'obtenir plus tôt, elle donnerait la bonne nouvelle : le pere consent au mariage. Elle s'imaginait le ravissement de Robert ; et sa pensée, bercée par des sons de cloche et d'orgue, s'envolait dans l'azur du rêve, poursuivant la radieuse image du bonheur.

Robert Baudrant ne revint à la Mare-aux-Loups que huit jours plus tard ; non pas qu'il eût ressenti le plus léger remords, ou la velléité de renoncer à une entreprise déloyale et périlleuse ; il voulait être désiré et comptait sur l'ennui, les inquiétudes engendrées par l'absence, ce « plus grand des maux », pour perpétrer plus aisément le rapt d'honneur, son unique but.

Depuis huit jours la jeune fille épiait la venue du chenapan ; son regard anxieux le découvrit au loin. Son sein bondit, son œil se voila.

— Enfin ! murmura-t-elle, il m'aime encore.

Sur-le-champ elle enchaîna Pataud dont les démonstrations hostiles avaient éveillé le mécontentement du « beau monsieur ».

En hâte, elle emprisonna sa chevelure d'or sous son plus joli bonnet de tulle blanc, sourit à son miroir et courut se camper sur le seuil, émue, et, timide colombe, fascinée déjà par l'oiseau de proie.

Au moment de passer devant la maison du garde, le séduisant commis pressa le pas en détournant la tête.

Était-il donc irrité ? Allait-il s'éloigner sans voir que l'on se préparait à fêter le retour du prince charmant ? Était-il mort chez lui, ce bel amour si vivant chez elle ?

Pendant plusieurs secondes, Jeanne éprouva des sensations atroces : une douleur lancinante en même temps que l'anéantissement de tout son être dans la nuit et le silence glacial du tombeau. Pour ne pas tomber, elle fut contrainte de se retenir au chambranle de la porte.

Robert Baudrant poursuivait son chemin, en apparence oublieux de son amoureuse qu'il lorgnait à la dérobée ; il n'était plus qu'à quelques pas d'elle, cherchant un moyen de lier partie sans se compromettre.

Un aboiement formidable de Pataud lui fournit

un prétexte de regarder dans la direction de la maisonnette. Il feignit d'apercevoir la jeune fille seulement.

— Bonjour, mam'selle Jeanne ! dit-il.

Résurrection ! épanouie, ensoleillée de joie, Jeanne Vivant souriait.

— Bonjour, monsieur Robert, répondit-elle ; vous marchez d'un terrible pas. N'entrerez-vous pas avant de vous rendre à la coupe ?

— Grand merci, fit-il un peu sèchement, votre chien me mangerait.

Elle reprit empressée :

— Soyez sans crainte, il est à l'attache. Il fait froid, poursuivit-elle, ne boirez-vous pas volontiers un petit verre de marc ?

— Êtes-vous seule au logis ? demanda-t-il.

— Père est au martelage, fit-elle ingénument ; il en a pour la pleine journée.

Il dissimula une grimace de satisfaction.

— J'accepte, daigna-t-il déclarer. Et cependant j'avais juré de ne plus remettre les pieds à la Mare-aux-Loups.

Assaillie de nouvelles terreurs, la jeune fille tressaillit ; les roses de son teint pâlirent subitement. D'un ton humble, elle l'interrogea :

— N'avez-vous pas juré aussi de m'aimer toujours ? Ne m'aimez-vous plus ?

Il se récria :

— C'est vous qui ne m'aimez pas. Ne vous êtes-vous pas sauvée de moi, l'autre jour ?

Une ombre de tristesse apparut sur le candide visage de Jeanne Vivant ; ses longs cils s'abaissèrent. Elle murmura d'une voix brisée :

— Pardonnez-moi, j'avais peur, je souffrais.

— Je vous fais peur, ricana-t-il, n'ai-je pas deviné ? Vous ne m'aimez pas.

Elle eut un geste de protestation tendre.

— Oh ! le méchant ; il ose... Quand vous serez mon mari, mon petit mari, je serai brave, vous verrez.

Ses beaux yeux brillèrent derechef ; elle évoquait une enchanteresse vision, le sourire entr'ouvrit ses lèvres de corail.

— Ne parlons plus de cela, Robert, supplia-t-elle. Assez de ces mines maussades. Puisque vous m'aimez, rien ne s'oppose plus à notre félicité. Père consent au mariage.

Il simula l'allégresse la plus vive et s'élança au cou de la jeune fille.

— Chère petite femme, s'écria-t-il, que je suis heureux !

Ses bras lui firent un collier, pendant que ses lèvres brûlantes s'efforçaient d'éveiller les sens de la vierge.

Elle se dégagea, frémissante, et le menaça gaiement du doigt.

Anne-Marie se précipita pour la soutenir.

— Dois-je déchaîner Pataud ? fit-elle.

L'œil du chenapan rampa sous ses noirs sourcils ; d'une voix hypocrite, il soupira :

— Ange adoré, n'êtes vous pas ma femme devant Dieu ?

Mais il dut interrompre ses perfides embrassements. Avec une traîtresse et enveloppante douceur, il se mit à exposer ses projets d'avenir, protestant de son amour, renouvelant d'un ton solennel les serments les plus sacrés, affolant l'innocente d'enivrantes caresses, plus audacieux à mesure qu'il sentait sa victime plus confiante et plus grisée de passion

Il risqua brusquement une nouvelle tentative. Une dernière fois, Jeanne opposa une résistance désespérée.

Le chenapan avait prévu cette suprême révolte de la pudeur ; en avant les grands moyens, pensa-t-il.

Il se leva, saisit son chapeau et dit :

— Décidément, Jeanne, vous ne m'aimez pas. Je vous effraie, je pars.

Et il parut décidé à poursuivre son chemin. Il ouvrit la porte.

— Oh ! Robert, sanglota-t-elle, vaincue, demeurez.

Il revint vers elle et l'emporta brutalement comme un fauve emporte sa proie.

Elle était à bout de force et d'énergie, elle se

débattit faiblement et s'abandonna, inconsciente, à demi morte, sans plus penser ni sentir, et réclamant secours et pitié.

Quand le gredin délivra Jeanne de son odieux enlacement, elle avait les yeux fermés, le front brûlant, la mâchoire serrée, son souffle s'exhalait court et bruyant.

Il lui adressa la parole et n'obtint aucune réponse. Il eut, non un regret, mais un frisson de frayeur.

— La pimbêche ne va pas claquer, je suppose, murmura-t-il en aparté ; cela ne serait pas rigolo. Attentat avec violence, cinq ans de pré, au moins, bar ! En voilà des façons, quand il y a tant de femelles qui se couchent dès qu'on leur parle de s'asseoir seulement.

Il avisa de l'eau froide sur l'évier ; il en versa quelques gouttes dans un verre et baigna les tempes de la jeune fille.

Elle reprit connaissance aussitôt et conscience de l'outrage qu'on l'avait forcée de subir. Des larmes de honte jaillirent de ses yeux.

Il grommela :

— Une giboulée, malheur ! De quoi te plains-tu ? poursuivit-il, la tutoyant pour la première fois. Tu veux être ma femme, tu l'es. Trêve aux giries. On peut rire maintenant, le plus pressé est fait. La noce aura lieu plus tard.

Ce langage éhonté traduisait clairement la pensée de Robert Baudrant ; Jeanne eut le sentiment de l'abandon, de la déchéance, et l'intuition du péril qui menaçait son existence entière.

— Vous ne m'avez jamais aimée, gémit-elle, articulant ses syllabes avec efforts.

— Es-tu bête, gouailla-t-il, je viens de te donner la preuve du contraire.

Derechef, la malheureuse enfant songea : l'amour, est-ce donc cela ?

Il lui sembla que l'eau qui mouillait son front glaçait en même temps son cœur ; ce cœur aimant et fier, elle ne le sentait plus vivant que parce qu'elle souffrait là d'une amère désillusion.

Le garnement exultait, lui ; mais il entendait que sa glorieuse victoire eût plus d'un lendemain, et il prodiguait ses consolations dont la grossièreté portait au comble le désespoir de la jeune fille et amenait la rougeur à ses joues.

Le dégoût, le mépris tuaient l'amour chez elle, mais elle comprenait que réparation lui était due et nécessaire.

Cet homme qui avait abusé d'elle était un goujat ; elle le jugeait tel. Et cependant ce goujat serait son époux... Il le fallait, elle se trouvait réduite à exiger qu'il en fût ainsi.

Cette fois encore, Robert Baudrant s'esquiva discrètement avant le retour du forestier. Il avait promis sa visite pour la semaine suivante sans que Jeanne l'interrogeât.

Elle n'eut garde de le retenir, redoutant l'injure de ses œillades et de ses sourires en présence de Jean Vivant. Elle attendait son départ avec autant d'impatience qu'elle avait souhaité sa venue, et ne le reconduisit pas.

En passant devant la niche de Pataud, Baudrant allongea un coup de badine au chien qui grondait.

— Sale cabot, ricana-t-il, exhibe tes dominos, s'il te plaît, la farce est jouée.

Et il s'éloigna forçant des jambes afin de se vanter plus tôt de son triomphe auprès d'Isidore Latour, son honorable ami.

II

PAUVRE FILLE

A L'HEURE où le vieux forestier revint de marteler ses baliveaux, un clair feu de charme égayait l'âtre du logis ; la soupe aux choux odorante fumait dans la soupière ; mais la mésange de la Mare-aux-Loups avait chanté sa dernière chanson.

Sans même la regarder, le bonhomme embrassa son enfant chérie et se laissa tomber lourdement sur son escabeau, à sa place accoutumée, entre sa place et son feu.

La fatigue l'étreignait aux jarrets, son estomac criait famine. Il dévora ses choux et son lard des yeux et des dents. Avant même que Jeanne eût enlevé le couvert, il s'était déshabillé et prestement allongé dans ses draps blancs parfumés de lavande.

Instantanément, le sommeil abattit ses paupières et stupéfia sa pensée.

Quand sa fille se retira dans sa chambrette, Jean Vivant dormait à poings fermés et ronflait en contrebasse.

Le lendemain et les jours suivants, le forestier parti dès l'aube, occupé jusqu'à la nuit à son martelage, ne rentra que pour manger et dormir. Il ne se doutait pas qu'un drame venait de s'accomplir chez lui qui vouait son enfant bien-aimée aux larmes et au deuil.

Sa vie, à lui, s'écoulait paisible encore, lorsque, déjà, de poignants soucis torturaient l'esprit de Jeanne, hanté par le souvenir de cette lutte atroce dans laquelle avaient péri son honneur et son amour.

Robert Baudrant allait de nouveau frapper à la porte de ce logis où il avait apporté la honte. La jeune fille l'avait chassé de son cœur ; devinant qu'elle ne serait jamais pour le gredin qu'un instrument de plaisir, elle lui eût interdit l'accès de la maison ; elle devait l'accueillir en dépit des répugnances, afin d'obtenir ce titre d'épouse ambitionné jadis, redouté maintenant, mais indispensable à la réhabilitation.

A aucun prix, toutefois, elle n'eut consenti a demeurer exposée à un nouvel attentat. La veille du jour où elle attendait le commis, elle prit ses dispositions pour qu'il ne la trouvât pas seule.

Jean Vivant bouclait ses guêtres avant de se rendre en forêt. Le bonhomme était apoplectique et de courte haleine après le repas; elle s'agenouilla pour l'aider.

— Père, dit-elle, si tu le permets, je me propose d'inviter à venir ici ma cousine Anne-Marie, de Mouzée. J'irai la chercher tout à l'heure.

— Quelle idée! se récria-t-il un peu étonné.

Elle rougit et baissa la tête, feignant d'éprouver de grandes difficultés à piquer un ardillon dans le cuir.

— Tu es toujours absent, répliqua-t-elle; à la fin, cela m'ennuie de ne pouvoir causer à personne.

— Ne me dis-tu pas souvent que tu parles à Pataud et qu'il te comprend?

Elle s'efforça de sourire.

— Cela est vrai, mais il ne me répond pas.

L'œil du forestier pétilla.

— Tiens, mais, fit-il malicieusement, je n'y songeais pas. On laisse à la niche Pataud, maintenant, et la barbe blanche du père Vivant effarouche les amours. On aimerait mieux confier ses petits secrets au museau rose d'Anne-Marie.

« La langue te démange, n'est-ce pas, fillette? Si tu crois qu'un bavardage apaise la démangeaison, carte blanche

« Mouzée est sur la route de Stenay; les commis

de M. Frapier y ont affaire souvent. Aujourd'hui, peut-être y rencontrera-t-on celui qui cherche à prendre ma mésange au trébuchet. Ramène-le s'il te plait; que l'on s'explique entre honnêtes gens, sans plus de retard. Ramène Anne-Marie, la futée est près d'épouser aussi son amoureux. Vous vous donnerez des conseils, vous préparerez des chaînes aux futurs maris.

« Le jour de la noce, nous commanderons à l'église un chérubin, deux chérubins et plus. J'accorde ma fille à Robert Baudrant, mais j'entends que mon gendre me rende la monnaie en marmaille que je ferai sauter sur mes genoux.

« Dans un mois, Pierre, ton frère, sera libéré du service; on célébrera ton mariage dès qu'il aura repris sa place au foyer.

« Ah ! le beau jour, celui-là! Ding don, ding don, la musique du clocher carillonnera à pleine volée. M. le maire ceindra son écharpe comme jadis quand j'épousai ma défunte ? Dieu ait son âme !

Jean Vivant souleva sa casquette; Jeanne se signa.

— J'endosserai mon bel uniforme, reprit-il; et toi, je te vois au pied de l'autel, vêtue de blanc, la fleur d'oranger au corsage.

« On tirera des coups de fusil en l'honneur du marié; j'inviterai mes chefs.

« A la Mare-aux-Loups, nous mettrons les petits plats dans les grands, le contenu dans l'estomac de nos amis, de nos parents, et le petit vin gris coulera, coulera comme l'eau de la fontaine.

« Et, le soir, en avant les violons. Foi de Jean Vivant, je veux ouvrir le bal !

Le forestier s'était levé ; il effleura de ses lèvres le front de la jeune fille. Puis il décrocha sa carabine, la jeta sur son épaule.

— Amuse-toi, ma mésange, dit-il, et il s'éloigna joyeux.

Demeurée seule, Jeanne se mit à pleurer.

— Pauvre père, murmura-t-elle, il ne sait pas que mon bonheur n'est plus, que sa joie m'attriste même, et que ses mots me semblaient autant de poignards qui me perçaient le cœur.

« Oh ! ce sera triste jour pour moi, celui où mon corps appartiendra à cet homme qui l'a souillé. Épouser quelqu'un que je méprise, lui sourire avant la cérémonie, ô mensonge ! Mentir encore après, mentir toujours, obliger ma bouche à balbutier : Je t'aime, alors que je voudrais lui cracher à la face : Je te hais. Me condamner à une vie de torture pour expier la faute d'autrui, c'est épouvantable. Robert Baudrant, maudit sois-tu !

Elle s'habilla sans jeter un coup d'œil sur son miroir ; de plus sérieuses préoccupations l'assaillaient.

Elle suivait la route de Monzée et, chemin faisant, songeait :

— Anne-Marie, ma cousine, est fiancée, elle va m'entretenir de son fiancé, me parler de Robert peut-être, si ses assiduités à la Mare-aux-Loups ont été remarquées.

« Lui confierai-je qu'il s'est engagé à solliciter ma main ? Si je me tais, que pensera-t-elle en le voyant demain ? Si je parle, il est certain qu'elle me félicitera. Pourrai-je montrer bon visage, proclamer ma félicité lorsque ma désolation est inexprimable ?

Elle eut un geste d'énergique résolution et s'essuya les yeux.

— Pour mon vieux père, que la vérité tuerait, fit-elle ; pour Pierre, qui serait capable de tuer, lui ; pour tout le monde, mentons. Je veux paraître heureuse.

« Petite mésange, tu as la mort au cœur, peu importe, chante, il le faut.

A Monzée, les parents d'Anne-Marie avaient accueilli Jeanne avec cordialité. Elle formula son invitation.

Sa cousine, délurée commère, rougeaude et brune, se précipita dans les bras de la jeune fille.

— Cela tombe à merveille, lui chuchota-t-elle à l'oreille. J'ai mille et mille choses à te conter. Au premier jour, je me proposais de passer ma jupe neuve pour courir à la Mare-aux-Loups.

Quelques heures plus tard, les deux cousines se dirigeaient d'un pied léger vers la demeure du forestier.

Anne-Marie, exubérante et babillarde, égrenait déjà son chapelet de confidences. Elle aimait mieux, plus d'une femme en est là, causer, causer sans interruption qu'écouter.

Ce fut heureux pour Jeanne Vivant, qui s'étudiait à jouer un rôle et le jouait sans entrain.

Le futur mari d'Anne-Marie était un honnête vigneron du voisinage.

En quelques mots, elle célébra ses louanges : un bon garçon, un travailleur..., il est fou de moi.

Et, sur-le-champ, elle se lança dans une narration prolixe tendant à démontrer jusqu'au delà de l'évidence la violence et la sincérité de la passion qu'elle inspirait à son amoureux.

Jeanne Vivant laissait couler le flot de ces paroles, prêtant une oreille distraite; elle approuvait du geste plus encore que de la mine et se contentait, en guise de réplique, de ponctuer le monologue de sa cousine de vagues exclamations dont Anne-Marie, entière à son récit, se contentait elle-même.

A bout d'haleine et de salive, la fiancée du

vigneron s'était interrompue ; machinalement, Jeanne lui demanda :

— L'aimes-tu ?

— Sainte mère ! s'écria-t-elle, si je l'aime ! Oh ! oui. Mais je me garderai bien de le lui avouer. Je le tiens par là.

« Vois-tu, ma chère, poursuivit-elle d'un ton docteral tout à fait réjouissant, dire à un homme qu'on l'aime, c'est une grosse imprudence ; il est rare que le traître ne cherche pas sur l'heure à tirer profit de l'aveu.

« Aussi, moi, je mène mon amoureux à la baguette, afin de le conduire plus tard par le bout du nez. Je le tarabuste de toutes façons. Je me fais capricieuse, revêche même, dès que je m'aperçois qu'il prend des familiarités.

« Pourtant, il est d'un respect ! Entre nous, il en est un peu godiche. Si l'on savait combien difficilement une fille à marier résiste à quiconque promet le sacrement, surtout si l'on songe que notre sainte mère l'Église pardonne le passé, bénit le présent et raccommode tous les accrocs !

A cette pensée, Anne-Marie éclata de rire.

— Ce que je serais dégourdie, moi, si je portais culotte ! poursuivit-elle.

Encore que cette morale un peu lâchée lui déplût, insensiblement, Jeanne Vivant se laissait divertir par la bonne humeur de sa compagne.

— Ton fiancé te respecte et t'adore, dit-elle, tu seras heureuse, toi.

— Je serai heureuse, répondit Anne-Marie, n'en doute pas. Mais ce n'est pas tout de s'aimer, cela passe ; celui que j'épouse a des champs, des écus cela reste.

« En ménage, vois-tu, cousine, l'amour est une friandise ; le bien, l'argent, c'est le pain, la viande, et tout ce dont on se passe moins aisément que des friandises.

Les deux cousines avaient marché d'un bon pas sur la terre gelée ; à l'horizon, la forêt de Saint-Agobert apparaissait, caparaçonnée de blanc. Déjà l'on distinguait, frappées d'un pâle rayon, les tuiles rouges de la Mare-aux-Loups, en relief sur les hautes draperies des sapins chevelus, poudrés de neige.

Anne-Marie, subitement, s'écria :

— Tout cela est bel et bien, ma chère Jeanne, je babille, je babille à bouche franche, sur mon amoureux, sur moi, sur nos amours, mais je suis seule à défrayer la conversation. Tu ne souffles mot, toi.

« Avant de rentrer au logis, mademoiselle Silence, ne me confieras-tu pas aussi quelque gros secret ? On conte à [illegible] que souvent un beau monsieur suit ce chemin que nous suivons... Plus d'une fois on l'a vu, [illegible] frappant à la porte qui s'ouvrira pour nous tout à l'heure et qui s'ouvrait au large pour lui. Plus d'un curieux a perdu son temps et sa peine à guetter sa sortie.

Jeanne Vivant comptait sur cette question ; elle avait préparé sa réponse. Et cependant au premier mot une commotion douloureuse la frappa.

Elle avait jusque-là tenu presque passivement le rôle de confidente ; à elle de parler, maintenant... à elle de mentir !

— Ton babil est gentil, cousine, dit-elle, que je prenais plaisir à l'entendre. Quant à mon secret, tu l'as. Les bonnes langues de Mouzée l'ont, paraît-il, crié par-dessus les toits, peut-être même avant qu'une seule parole ait été échangée entre Robert Baudrant et moi.

Anne-Marie battit des mains.

— Me voilà ravie, criait-elle, nous nous marierons le même jour, et nous nous entendrons comme larrons en foire pour mater nos maîtres.

« Un joli garçon, le petit Robert Baudrant. Il a des yeux, des yeux, comment dirai-je ? assassins. Bien sûr, il t'adore ?

— Je l'espère, murmura Jeanne.

— Il te l'a ressassé plus de mille fois, sans doute ? Les hommes ne savent dire que cela.

— Mais oui.

— Et il t'a enjôlée, le monstre ! Tu l'aimes ?

— Moi ... oui..., balbutia-t-elle.

Elle lui barra le chemin.

Anne-Marie, en pleine joie, ne remarqua pas le trouble de sa cousine.

— Êtes-vous fiancés ? demanda-t-elle.

Jeanne eut à peine la force de répondre :

— Pas encore ; mais Robert demandera ma main au premier jour ; père consent au mariage.

Anne-Marie examinait sa compagne.

— Je vois ce que c'est, reprit-elle d'un air entendu. M. Baudrant veut se faire prier. Un bon conseil, veux-tu ? Envoie-le promener, tu le verras revenir plus vite.

Jeanne eut un faible sourire.

— Et s'il ne revenait pas ? fit-elle.

— S'il ne revenait pas ! déclara Anne-Marie, indignée de la supposition. Cela n'est pas possible. Où trouverait-il une aussi jolie fille que toi ?

Les deux cousines s'embrassèrent. Anne-Marie poursuivit son interrogatoire :

— Robert Baudrant, en voilà un, par exemple, qui ne doit pas être godiche comme mon amoureux. Cela se lit dans ses yeux.

La fille du forestier ne put retenir un gémissement étouffé ; elle s'arrêta et, chancelante, porta les mains à sa poitrine.

Anne-Marie se précipita pour la soutenir.

— Qu'as-tu ? interrogea-t-elle. Te serais-tu tordu le pied ?

Heureuse de cette interprétation, Jeanne déclara :

— En effet, j'ai glissé; cela m'a piquée jusqu'au cœur. Rassure-toi, l'accident n'est pas grave, vois, je ne boite pas.

Et elle ajouta :

— La cheminée fume à la Mare-aux-Loups, père est de retour. Il sera enchanté que tu aies accepté mon invitation.

« Un mot encore, pendant que nous sommes seules : Robert Baudrant viendra demain.

— Bravo! s'exclama la brune Anne-Marie, à nous deux, cousine, nous le recevrons de la belle manière, ce monsieur.

L'apparition de Jean Vivant, qui s'avançait à la rencontre des deux interlocutrices, rompit leur entretien.

De loin, le jovial forestier s'écria :

— Serviteur, petite cousine; vous êtes la bienvenue à la Mare-aux-Loups.

Anne-Marie hâta le pas pour lui sauter au cou.

Le vieillard et la jeune fille échangèrent bruyamment quelques-uns de ces rudes baisers campagnards qui meurtriraient les joues d'une citadine.

La porte était restée ouverte; tout le monde pénétra dans la maison.

A la cuisine, salle de réception, il faisait chaud et clair; la table était dressée, le couvert disposé sur une nappe éblouissante de blancheur; cela sentait bon.

— Comment, père, tu as préparé le dîner ? fit Jeanne.

— Me crois-tu donc incapable de fricoter en ton absence ? Si cela était, je serais exposé à mourir de faim bientôt, riposta-t-il gaiement

« Anne-Marie, prenez la peine de vous asseoir.

Déjà la rieuse commère s'était débarrassée de out ce qui la gênait, bonnet et parapluie. Elle décocha une œillade malicieuse au forestier.

— Un homme qui s'occupe de tout à la maison' dit-elle, voilà comme il m'en faudrait un.

Jean Vivant simula le plus vif regret.

— Que n'avez-vous pas parlé plus tôt, soupira-t-il, nous eussions pu nous entendre..., il y a cinquante ans.

— Ne vous mettez point en peine pour moi, cousin ; faute d'un moine, l'abbaye ne chôme pas, affirme le proverbe ; j'ai trouvé mouture pour mon moulin.

— Je sais cela ; vous n'êtes pas ici la seule à qu son vieux bonhomme de père ne suffit plus.

Cette dernière phrase était à l'adresse de Jeanne. Celle-ci s'évertuait à servir le dîner au plus vite ; peut-être n'écoutait-elle pas. Elle laissa ces paroles sans répliquer.

Anne-Marie parlait pour deux.

— En cela nous imitons papa, maman Un temps vient où l'oiseau s'essaie à voler de ses propres ailes ; il lui faut déserter le nid. Et vous-même, cousin Jean, ne vous êtes-vous pas marié jadis ?

— Jadis, oui, fillette, je me sentais plus vivant qu'aujourd'hui, fit-il riant sur le mot. Bah ! point de regret, j'ai bien vécu. Lorsque je me verrai revivre dans mes petits-enfants, sans murmurer j'irai rejoindre mes défunts.

« Anne-Marie, ma petite cousine, regardez-moi, regardez ma fille, si vous voulez voir deux personnes heureuses.

— Qu'on m'apporte un miroir, réclama-t-elle impétueusement, je veux me regarder aussi pour voir la troisième.

En même temps que la face épanouie de la brune babillarde, la glace reflétait un mélancolique visage : celui de Jeanne.

Personne n'y prit garde que celle-ci ; elle eût souhaité sourire, elle ne réussit qu'à bouleverser ses traits.

Ce soir-là, le forestier et la jeune cousine de Mouzée luttèrent d'entrain et de gaieté, torturant Jeanne à l'envi, sans s'apercevoir qu'elle pouvait à peine leur donner la réplique.

La pauvre enfant ne respira librement que quand Anne-Marie, rassasiée de bavardage, se fut endormie à ses côtés dans son lit.

Alors seulement alors, et à la condition d'étrangler ses sanglots, elle put verser des larmes.

III

UNE TRAHISON

Le lendemain, dès la première heure du jour, Jean Vivant se leva sans bruit et s'en fut en forêt.

Quand les deux cousines ouvrirent les yeux Anne-Marie, l'éternelle bavarde, ouvrit la bouche aussi ; sa langue travailla sur-le-champ.

— Ce bel amoureux où est-il, qu'on le reluque ?

Elle se jeta hors du lit et courut à la fenêtre.

— Je le croyais à la porte déjà. A quel moment le verrons-nous ? Dieu, que je suis impatiente ! Moi, quand j'attends mon amoureux, il me monte des fourmis dans les jambes, le sang bout dans mes veines, je ne puis plus me tenir en place.

— Robert Baudrant doit passer à la Mare-aux-Loups vers une heure de l'après-midi, calme-toi, répondit doucement la fille du forestier.

— Me calmer, reprit-elle en riant ; sur ma foi, tu as raison. C'est toi qu'on vient visiter, et c'est moi qui me trémousse. Expédions la besogne du ménage. Part à deux. Lorsque sonnera l'heure du prince, nous babillerons à notre aise.

La pétulante jeune fille s'était emparée du balai et donnait la chasse aux poussières. N'allez pas vous imaginer qu'elle cessa de parler. Au contraire, ses gestes scandaient ses paroles en quelque sorte et les précipitaient. A grand'peine, elle se tut pour manger ; mais, la bouche pleine, elle parlait encore.

Quand le coucou de la cuisine sonna l'heure après midi, le déjeuner était terminé, casseroles et faïences étaient remises en place. Anne-Marie s'agita de nouveau.

Désireuse de jeter un coup d'œil au dehors, elle sortit. Au loin, elle aperçut quelqu'un qui marchait à grands pas. Elle devina de suite Robert Baudrant et sans perdre de temps à l'examiner, revint en deux sauts.

— Le voilà ! s'écria-t-elle. Avant qu'il entre, donne-moi quelque ouvrage pour occuper mes doigts.

Plus pâle qu'une morte, Jeanne Vivant s'était adossée au dressoir.

— Comme tu l'aimes ! fit sa cousine.

La fille du forestier eut un rire amer.

— Cela se voit, n'est-ce pas? murmura-t-elle d'une voix sourde.

Dans sa niche, Pataud aboyait avec fureur. Jeanne pensa : Le bon chien ne ment pas, lui.

Robert Baudrant entra en maître, sans frapper, l'œil lubrique et la mine impudente. Il comptait sa victime à sa discrétion; la vue d'une inconnue amena sur ses lèvres une grimace de mécontement. Il salua les jeunes filles avec froideur, mais il se rasséréna bientôt, ne voulant pas déplaire à une appétissante commère qui le lorgnait avec une admiration marquée.

— D'ordinaire, vous demeurez seule au logis, dit-il à Jeanne. Je suis surpris de rencontrer à la Mare-aux-Loups mademoiselle que je n'ai pas l'honneur de reconnaître.

— Ma cousine Anne-Marie, de Monzée, répondit la triste amoureuse, a bien voulu me tenir compagnie aujourd'hui.

Il s'inclina devant la fiancée du vigneron.

— Je ne m'en plains pas, reprit-il; je croyais voir une jolie fille, j'en vois deux.

Ce compliment banal, débité d'une voix mielleuse, ravit Anne-Marie et lui donna sur-le-champ la meilleure idée du jeune homme.

— Vous êtes trop aimable, minauda-t-elle.

Jeanne invitait Baudrant à s'asseoir; il accepta le siège qu'Anne-Marie, empressée, lui offrait.

— Entre la brune et la blonde..., dit-il.

— Votre cœur ne balance pas, je suppose, se hâta d'ajouter Anne-Marie; ce serait affreux, n'est-ce pas, ma chère Jeanne?

Celle-ci ne se déridait pas et son regard attristé évitait obstinément celui de Robert.

Il s'en irrita promptement, et avec une outrecuidante galanterie se mit à prodiguer les protestations à l'étrangère.

En manœuvrant de cette façon, il espérait éveiller la jalousie de celle qui l'avait aimé et l'obliger à descendre dans la lice pour reconquérir son amoureux.

Il eût souhaité pour flatter sa vanité, cet orgueil des sots, que Jeanne se jetât dans ses bras en présence de témoins. Elle n'y songeait pas, il voulut se venger.

— Quelle mouche vous pique, ma chère Jeanne? demanda-t-il perfidement. Vous qui me donnez de si doux baisers, de si gentilles paroles quand personne n'est là, vous voilà maussade à cette heure. Serait-ce Mlle Anne-Marie qui vous a mise en méchante humeur? Cela n'est pas possible; elle est trop charmante et me semble trop gaie. Mais si ce n'est elle, à coup sûr, c'est moi. Me reprocheriez-vous d'avoir interrompu un plus agréable entretien?

Le trait porta.

— Si je te gêne, déclara malicieusement Anne-

Marie, [illegible]. Je te laisse seule avec M. Robert.

Cette proposition terrifia la pauvre enfant. A la pensée que sa cousine l'abandonnerait exposée aux cyniques entreprises du drôle, elle recouvra quelque peu de son énergie et parvint à fixer le sourire sur ses lèvres.

— Je vous prie de m'excuser tous deux, fit-elle d'un ton qu'elle s'efforçait de rendre enjoué. Je me sens souffrante aujourd'hui ; mon silence et ma tristesse n'ont pas d'autre cause. D'ailleurs, cela va mieux.

— Depuis que je suis arrivé ? insinua Baudrant.

— En doutez-vous ? répondit-elle.

Anne-Marie reprit la parole, rondement.

— Qu'avez-vous conté tout à l'heure, monsieur Robert ? Vous craignez de déranger un tête-à-tête. Elle est bien bonne. Mais nous n'en croyons un mot, ni vous, ni ma cousine, ni moi.

« S'il se trouve ici quelqu'un que vous aimeriez mieux voir loin que près, Jeanne et vous, ne cherchez pas midi à quatorze heures, c'est votre servante.

« Ma foi, tant pis, je suis ici, j'y reste. Vous devez entrer dans la famille, n'est-ce pas ? Je veux faire votre connaissance. Quoi qu'elle prétende, Jeanne est plus timide que malade ; moi, je ne suis ni l'un ni l'autre, et je casse la glace.

« Embrassons-nous, mon cousin

Elle offrit ses joues à Baudrant qui la prit à la taille et la baisa sur la bouche.

— Ohé! cousin Robert, s'exclama-t-elle interloquée de cette impertinence, ne vous trompez-vous pas ?

« Au tour de Jeanne, maintenant; comme il vous plaira, elle.

Celle-ci s'avançait lentement, les yeux baissés.

— Ne prenez donc pas vos airs de sainte Vierge, ricana le vaurien.

Et il l'enlaça pour la forcer de subir son ignoble contact.

Elle se laissa embrasser, quelle que fût sa répugnance, et accorda elle-même un baiser.

Anne-Marie applaudit de toutes ses forces.

— A la bonne heure, cria-t-elle, cela dégèle! A quand la noce ?

— Le père Vivant consentira-t-il au mariage ? demanda Robert Baudrant.

— Avez-vous donc oublié, répondit Jeanne, que j'étais si heureuse l'autre jour en vous faisant part de ce consentement ?

— J'écrirai chez moi demain, je solliciterai celui de mes parents, et je réclamerai mes papiers.

— Ce sera long !

— Deux mois, au moins.

— Deux mois, répéta la fiancée du vigneron, soit; mais pas plus. Cela nous mène à la veille de

Carême. Moi aussi, je me marierai à ce moment, avant qu'on travaille la vigne. Nous achèterons les fleurs d'oranger le même jour. Qu'en dis-tu, cousine?

Robert Baudrant lançait un regard sardonique à la malheureuse Jeanne; elle courba le front.

Heureusement Anne-Marie ne remarqua ni l'impudence de l'un, ni la confusion de l'autre.

Le chenapan n'avait rien à espérer à cette heure, il se leva.

Anne-Marie lui barra le chemin.

— Halte-là, fit-elle, on ne passe pas. Ignorez-vous les usages? Puisque l'affaire est conclue, il vous reste à demander au cousin la main de sa fille. Jean Vivant rentrera du bois dans une heure. Vous vous expliquerez, on se frappera dans la main, et, ce soir, on trinquera gaiement.

« Je sais comment cela se pratique, moi; quand nous nous sommes mis d'accord, mon futur et moi, il a parlé au père et à la mère, et l'on a célébré les fiançailles.

Elle ajouta en riant :

— Ce qu'on a bu, ce jour-là! Entre vignerons, c'est sacré; le jus de la vigne arrose toutes les cérémonies

— Impossible aujourd'hui, protesta Baudrant, il faut que je me sauve sans perdre une minute M. Frapier est à la scierie, il remarquerait mon absence. Je reviendrai demain.

— Je n'y serai plus, répondit-elle.

— J'y compte bien, pensa-t-il.

Et tout haut :

— Ce sera tant pis, mademoiselle Anne-Marie. Au revoir, embrassons-nous.

Il tenta de la saisir à pleins bras. Elle lui échappa par une pirouette, et lui donna vertement sur les doigts.

— A bas les pattes! dit-elle, un bécot sur les joues, rien de plus.

Il dut se contenter d'une accolade fraternelle et se rattrapa sur Jeanne qu'il étreignit sans vergogne.

— Voulez-vous me conduire à deux pas, ma chère amie? pria-t-il d'un ton poli.

Elle y consentit et l'accompagna jusqu'à l'entrée du jardin.

Dès qu'il se trouva seul avec la fille du forestier, le chenapan cessa de se contraindre. Il reprit le tutoiement brutal.

— Que signifie cette mine d'enterrement? grommela-t-il. As-tu besoin d'être gardée maintenant; il serait un peu tard. Quant à moi, je ne tolérerais aucune surveillance; tiens-toi pour avertie. A demain, à la même heure, et qu'il n'y ait personne, ou bien je décampe.

Ayant signifié son ultimatum, il s'élança sur le chemin de Stenay sans même tourner la tête pour lui adresser un dernier salut.

Elle le suivit d'un regard morne.

— Quel crime ai-je donc commis, murmura-t-elle, pour subir un tel châtiment ?

Par la fenêtre, Anne-Marie, souriante, l'épiait.

— Si tu n'es pas bavarde, tes regards parlent. L'as-tu assez regardé !

« Il est joli garçon, ton Robert, poursuivit-elle, mais bigrement enjôleur. Il doit t'être difficile de te défaire de lui lorsqu'il n'y a personne à la maison. Il a des yeux, des yeux..., méfie-toi de ces yeux-là.

Jeanne essuya furtivement une larme.

Le soir, à diner, la joyeuse commère interpella Jean Vivant.

— Cousin, j'ai vu votre futur gendre.

— Vous plaît-il, petite cousine ?

— Pour sûr, une vraie figure d'image.

— Sacrebleu ! jura le forestier, pourquoi ne l'as-tu pas invité à s'asseoir à notre table ? Depuis plus d'un mois on me rebat les oreilles des gentillesses de ce beau monsieur ; je ne sais comment cela se fait, je ne vois ni ses pointes ni ses talons. Il veut ma fille en mariage, qu'il me la demande, je ne le mangerai pas.

— Il reviendra demain, je le prierai à diner, balbutia Jeanne.

— C'est cela, dit-il, je m'arrangerai pour être au logis de bonne heure.

— Il doit écrire à ses parents et réclamer ses papiers.

— Il eût pu écrire plus tôt.

— Et nous nous marierons dans deux mois, toutes deux, appuya Anne-Marie.

Jean Vivant se récria :

— Pas le même jour.

— Pourquoi non ?

— Il me faut deux noces pour faire deux fois la fête.

Le vieillard versa du vin gris à la ronde.

— Anne-Marie, Jeanne, mes enfants, dit-il, levant son verre, buvons à nos santés.

En vraie vigneronne, Anne-Marie but rubis sur l'ongle ; mais ce fut à peine si les lèvres de sa cousine effleurèrent le liquide.

Quand les deux jeunes filles se couchèrent, Jeanne eut un dernier assaut à soutenir contre l'indiscrète curiosité de sa compagne. Il était près de minuit, l'enragée parleuse ne se résignait pas au silence ; le sommeil l'y contraignit à l'improviste, au milieu d'une phrase.

Le lendemain, dès l'aube, Anne-Marie était sur pied ; à la Mare-aux-Loups, elle avait débité ses confidences à pleine mesure et reçu celles de sa cousine ; elle tenait à retourner sans retard à Mouzée, où l'attendait son fiancé, disait-elle, et où elle se promettait — elle n'en disait rien — d·

— Ah ! père, ne m'abandonnez pas !

4

travailler activement à la propagation de la nouvelle qu'elle venait d'apprendre.

Jean Vivant insista pour la retenir; ce fut en vain. Elle donna mille bonnes raisons et prit congé.

Quant à Jeanne, obsédée par le verbiage et les questions incessantes de sa cousine, terrifiée à l'idée de retomber au pouvoir de Robert Baudrant, elle avait à peine ouvert la bouche.

Au moment où son père se préparait à quitter le logis à son tour, elle eut une véritable crise d'angoisses et se jeta à son cou.

— Père, supplia-t-elle, reviens le plus tôt possible..., à une heure... au plus tard.

Sa voix se traînait sur les mots, brisée, haletante; son regard était hagard. Le forestier s'effraya.

— Es-tu malade, mon enfant chérie? demanda-t-il anxieux.

Elle répondit :

— Je ne sais, un malaise.

— Veux-tu que je demeure auprès de toi?

Elle se laissait bercer dans ses bras.

— Oh! oui, murmura-t-elle.

Elle se redressa d'un bond; subitement le souvenir des menaces que Robert Baudrant lui avait adressées la veille l'affola de nouveau.

— Non, non, s'écria-t-elle, j'ai besoin d'être seule. Va, père, mais reviens à une heure..., à une heure au plus tard, entends-tu?

Si étrange était l'attitude de la jeune fille, si poignante l'expression de sa physionomie, que Jean Vivant raccrocha sa carabine à la cheminée et déclara :

— Décidément, je reste.

Cette décision amena un changement à vue. Jeanne devint souriante et câline. Elle voulut faire croire à une plaisanterie et s'égaya bruyamment des inquiétudes paternelles. Tant et si bien elle manœuvra, qu'elle en vint à persuader au vieillard que la souffrance et l'effroi dont il s'était inquiété étaient un jeu imaginé aux fins de savoir s'il l'aimait assez pour se plier à son caprice.

Elle maintint un point seulement : l'heure précise du retour.

Dérouté, quelque peu mécontent, le forestier finit par céder aux sollicitations de sa fille et s'éloigna.

Chemin faisant, on eût pu l'entendre murmurer irrévérencieusement :

— Que veut dire tout ceci ? Par saint Jean, mon patron, je l'avoue, je n'y comprends rien de rien. Il n'est pas un oiseau, pas un animal, à Saint-Agobert, que je ne connaisse cent fois mieux que mademoiselle ma fille.

« Une heure, rentre à une heure, » m'a-t-elle recommandé. Pourquoi cette insistance ?

Il se frappa le front tout à coup.

— Elle veut que je sois à la Mare-aux-Loups quand viendra son amoureux.

« Mais alors pour quelles raisons m'a-t-elle envoyé promener au bois ?

« Bah ! poursuivit-il à voix haute après un temps de réflexion, la fauvette chante, le chevreuil bondit les filles ont des caprices, comme le nuage passe, au gré du vent. Chercher un pourquoi, c'est se creuser la tête pour rien.

Il était une heure et demie quand Robert Baudrant apparut au loin, se dirigeant vers la maison forestière.

Il y avait longtemps déjà que Jeanne, à sa fenêtre, fouillait alternativement du regard la route de Stenay qu'il suivait et le chemin du bois par lequel elle espérait voir revenir son père.

Sans plus s'occuper du commis qui poursuivait sa marche, la jeune fille se mit à regarder exclusivement dans la direction de Saint-Agobert.

Au moment où Robert poussait du pied la claire-voie du jardin, elle aperçut la silhouette du bonhomme Vivant qui débouchait des taillis ; sa poitrine se souleva pour respirer largement.

— Cette fois encore, je suis sauvée, pensa-t-elle.

Robert Baudrant ouvrait la porte ; en entrant, il jeta un coup d'œil dans la cuisine.

— Seule, enfin ! s'écria-t-il, ce n'est pas malheureux, je m'en suis allé bredouille hier, j'espère bien qu'il en sera tout autrement aujourd'hui. Voyons, Jeanne, viens m'embrasser.

La jeune fille se leva lentement et s'approcha de lui. Avant qu'il eût pu la toucher, elle étendit la main.

— Me jurez-vous, dit-elle d'un ton solennel, que votre intention est de m'épouser, et que vous avez sollicité le consentement de vos parents?

Le chenapan se prit à rire.

— Si je veux t'épouser, répondit-il, rien n'est plus certain, à l'instant, si tu veux, plutôt deux fois qu'une. Quant à mes parents, je leur ai écrit. Es-tu satisfaite?

— Souvenez-vous, insista-t-elle que vous me devez une réparation pour la violence que vous avez exercée sur moi.

— Eh bien! on réparera, fit-il goguenard. C'est tout, je suppose?

— Pas encore, vous demanderez ma main à mon père aujourd'hui.

— Je ne puis l'attendre jusqu'a la nuit.

— Il va rentrer.

— Zut! alors, nous n'avons pas de temps à perdre, en avant la rigolade!

D'un élan sauvage, Robert Baudrant se rua sur Jeanne, l'enleva de terre et s'efforça de triompher de sa résistance désespérée.

— Je te veux, entends-tu, vociférait-il, je t'aurai, morte ou vive.

La jeune fille s'était réfugiée près de la fenêtre donnant sur le bois. Son regard éploré cherchait son père ; elle ne le vit plus.

L'œil injecté, la bouche tordue, le chenapan redoublait d'efforts ; la victime allait succomber.

Subitement la voix vibrante du vieux forestier, qui, dans la cour, répondait aux joyeux aboiements de Pataud, résonna.

Les adversaires haletants eurent à peine le temps de se rajuster et de s'asseoir.

Robert Baudrant, pourpre de fureur, s'étudiait néanmoins à composer son visage et son maintien.

Blanche comme un lys, Jeanne souriait d'un sourire glacé.

Jean Vivant apparut sur le seuil que sa haute stature et ses épaules carrées emplirent en entier. A la vue du commis, sa loyale physionomie, encadrée d une longue barbe blanche, s'illumina d'un joyeux reflet. Il s'avança l'œil bienveillant et la main largement ouverte.

— Monsieur Baudrant, s'écria-t-il, enchanté de vous rencontrer. C'est bien de l'honneur que vous nous faites. Vous êtes le bienvenu à la Mare-aux-Loups.

Avec cordialité, il étreignit la main du drôle, cette serre de milan qui venait de lâcher sa colombe,

— A quoi songes-tu, petite? tu n'as rien offert à monsieur. Au fait, reprit-il malicieusement, c'est moi qui n'y songeais pas. A vingt ans, cela s'excuse, n'est-il pas vrai mes tourtereaux?

— Père, dit Jeanne, M. Robert vous a précédé d'une minute à peine; le temps m'a manqué.

— Eh bien! il n'est jamais trop tard pour bien faire. Apporte-nous une bouteille de notre vin le plus vieux.

« Je veux choquer mon verre contre le vôtre, monsieur Baudrant, en ami déjà. Je vous tiens, vous passerez en revue la cave du père Vivant et les petits plats de Jeanne. L'enfant cuisine à se lécher les doigts jusqu'aux coudes. Pour vous plaire elle se surpassera.

« Le soir, nous causerons de nos petites affaires, le verre en main, les pieds sur les chenets.

« Encore une fois, votre main, monsieur Robert; j'aime à serrer la main d'un honnête garçon qui se présente chez les gens, carrément, au grand jour. Cela me console de toucher celles des traîtres et des fripons que l'on rencontre à chaque pas dans la vie.

« A la Mare-aux-Loups, voyez-vous, c'est tout cœur, le père aussi bien que la fille.

Jeanne revenait de la cave; elle déposa sur la table le flacon poudreux.

— Il est plus âgé que la petite, déclara le forestier.

Et il déboucha la bouteille avec des précautions quasi respectueuses.

Il versa le vin rubis; puis, levant cérémonieusement son verre, il but à la santé du commis et à la santé de sa famille.

A son tour, Robert Beaudrant vida son verre en l'honneur de ses hôtes.

Pendant un moment, sa crainte avait égalé sa fureur. Peu à peu le chenapan s'était rassuré; mais sa fureur tenait bon, encore qu'il n'en laissât rien paraitre. Deux défaites en deux jours, cela lui semblait d'autant plus dur qu'il ne s'y était pas attendu.

Il se sentait frémissant de toute la rage de sa lubricité inassouvie.

Ce n'était pas tout, il lui fallait, pour quelque temps, renoncer à toutes poursuites. M. Frapier lui avait confié, le matin même, la mission de surveiller l'exploitation d'une coupe à vingt lieues de Stenay. Un déplacement d'un mois en forêt d'Argonne.

Pour surcroît de déveine, le commis comprenait qu'il lui devenait impossible de se soustraire à un engagement formel, le père de Jeanne était de taille à casser les reins au gredin sur son genou, et il n'y eût pas manqué s'il eût conçu quelque soupçon de l'attentat dont sa fille avait été l'objet, ou même s'il avait deviné les intentions louches de celui qu'il accueillait avec une bonhomie si hospitalière.

Quoi qu'il en fût, le vin était bon, à « verres pleurants », les rasades se succédaient sans interruption; les bruyants propos du forestier éclataient en fanfare, emplissant l'oreille de bruit et de joie.

Une expression de méchante gaieté se peignit sur les traits de Baudrant.

— Père Vivant, s'écria-t-il, s'il vous plait, buvons aussi à la plus jolie, à la plus vertueuse fille du pays. A Jeanne Vivant la rosière!

— A sa santé! fit le forestier ému de cet hommage qui paraissait sincère. Personne ne se vantera jamais d'avoir touché Jeanne, du doigt seulement. A la santé de la rosière!

Il trinqua et poursuivit :

— Rien d'extraordinaire à cela : chez les Vivant, toutes les femmes sont honnêtes, de même que les hommes sont braves. Vous connaissez ma fille, vous verrez mon fils; il est à la veille de sa libération du service militaire. Un rude gars. Il adore sa sœur, vous vous entendrez tous deux, hein!

Ici, le père Vivant donna un formidable coup de coude au commis, en même temps qu'il souriait à Jeanne.

Celle-ci rougissante activait le feu de ses fourneaux.

Entendant le toast porté à sa virginité, la pauvre enfant avait imploré pitié du regard. Le lâche qui l'insultait voulait se venger, il persistait à la cribler de sarcasmes.

Elle cessa sa muette prière par crainte de donner l'éveil à Jean Vivant s'il surprenait ses attitudes suppliantes. Mais elle sentait que son repos, celui de son père se trouvaient à la merci d'un misérable ; et elle tremblait en pensant qu'il suffisait d'un mot inconsidéré pour déterminer une de ces irréparables catastrophes dans lesquelles l'honneur d'une famille entière périt, souillé de sang et de boue.

Cette cruelle soirée des fiançailles se termina cependant mieux que Jeanne ne le supposait.

De lui-même, après dîner, Robert Baudrant demanda la main de Jeanne Vivant.

Il avait réfléchi ; sans doute, il eût préféré se dérober encore aux promesses faites à la jeune fille. Mais, s'il ne se posait en prétendant, il devait renoncer à revoir une adorable maîtresse, et ses désirs charnels, exaspérés par la difficulté de la possession, ne lui permettaient pas ce renoncement.

En outre, il redoutait le courroux d'un père, d'un frère, que l'injure adressée à une fille, à une sœur, à eux-mêmes, allait déchaîner sur sa tête.

Aussi prononça-t-il la formule sacramentelle sans la moindre hésitation.

Au village, on n'adresse aux parents la demande en mariage que lorsque la jeune fille agrée le candidat et quand tout le monde est d'accord, c'est pure formalité.

Toutefois, selon l'étiquette campagnarde, le père Vivant interrogea sa fille.

— Tu as entendu, fillette, dit-il d'un ton grave, M. Robert Baudrant me fait l'honneur de solliciter ta main. Je ne la lui refuserai pas, s'il te convient à toi. La lui accordes-tu ?

Elle répondit d'une voix ferme :

— Oui, père, si vous le voulez bien. Je la lui donne.

Le vieux forestier s'écria :

— Embrassez-vous, mes enfants, embrassez-moi, embrassons-nous. Ce jour est un des plus heureux de ma vie.

Robert observait Jeanne sournoisement.

Elle lui présenta son front à baiser.

Par raillerie diabolique, il l'effleura de ses lèvres avec une feinte réserve.

— Un baiser de religieuse, clama Jean Vivant. Faut-il prêcher d'exemple ? Ne vous gênez pas, des baisers de nourrice qui claquent, comme ceci..., comme cela.

Et, à pleine bouche, avec bruit, il embrassa sa fille et son futur gendre.

Le chenapan contrefit l'attitude la plus révérencieuse.

— Pardonnez-moi, père Vivant, protesta-t-il

hypocritement ; avant la cérémonie, on ne doit se permettre aucune familiarité avec celle qu'on veut prendre pour compagne. C'est un principe, cela.

Cette déclaration était un coup de poignard au cœur de Jeanne, il vit qu'elle pâlissait horriblement, mais qu'elle demeurait debout. Pour l'abattre, il ajouta :

— Quant à moi, jamais je n'épouserais une femme à qui j'aurais manqué de respect.

Cette fois, le coup était terrible et imprévu ; sans un cri, Jeanne tomba foudroyée.

En même temps les deux hommes se précipitèrent pour la relever.

Jean Vivant l'enleva dans ses bras robustes.

— Mon enfant chérie, ma douce mésange ? murmura-t-il d'une voix brisée. Où as-tu mal ? Parle-moi, je t'en conjure, parle à ton vieux père !

Et il la berçait doucement ; ses larmes coulaient.

Jeanne demeurait sans connaissance.

Le forestier gémit,

— Ma mésange, ma douce mésange, reviens à toi. Robert, mon fils, que pouvons-nous pour la soulager ? Ouvre tes grands yeux, Jeanne.

Comme au jour de sa brutale agression, Robert Baudrant prit de l'eau sur l'évier. Il en jeta quelques gouttes au visage de la jeune fille.

La fraîcheur du liquide tira Jeanne de son

évanouissement. Elle ouvrit enfin les yeux et se jeta éperdue au cou de son père.

— Ah ! père, sanglota-t-elle, ne m'abandonnez pas.

— Où as-tu mal, mon enfant adorée ? demanda encore le forestier.

Elle ne répondit pas ; mais son regard ayant rencontré celui de Robert, elle frissonna et lui tendit la main avec une expression si humble, que le chenapan, quelle que fût sa perversité, ne put se défendre d'un sentiment de malaise.

— Pardonnez-moi, Robert, dit-elle, accentuant ces deux mots d'une façon compréhensible pour lui seul.

Et elle ajouta :

— Un étourdissement m'a surprise, la chaleur, sans doute, en est cause, cela ne sera rien.

Baudrant voulait, non pas tuer sa victime, mais lui faire expier chèrement sa défense opiniâtre ; il avait atteint son but. Il cessa momentanément les hostilités jusqu'à son départ, s'ingénia même à panser la blessure dont il était l'auteur. Non par compassion, plutôt par raffinement de cruauté ainsi qu'on va le voir.

Avant de prendre congé des Vivant, il leur avait annoncé son voyage au pays d'Argonne.

— Allez, mon cher garçon, lui dit le forestier, et revenez le plus tôt possible, Jeanne vous adore et moi je vous aime déjà.

« Quant à moi, en votre absence, je vous recommanderai au prône. Je connais M. Frapier, votre patron ; il a quelque estime pour moi, je donnerai chez lui un rude coup d'épaule pour vous.

Jeanne Vivant accompagna son fiancé jusqu'à la porte du jardin ; elle était seule avec lui. Au moment de la quitter, il lui serra la main à la briser.

— Tu sais maintenant comment je me venge, fit-il d'un ton dur avec un geste de menaces. Je te conseille de ne pas l'oublier ; tu ne t'en tirerais pas à si bon compte une autre fois.

Ce furent là les seuls adieux du chenapan.

A la cuisine, Jean Vivant attendait sa fille un peu perplexe. Il n'était pas éloigné d'attribuer la subite défaillance de sa fille à l'émotion produite par la démarche de Baudrant, et cependant il lui restait des doutes, des inquiétudes.

Quand Jeanne revint, il essaya de la confesser :

— Tu l'aimes donc bien, ce joli brunet ?

Elle s'efforça de répondre sans trembler :

— Mais oui, père.

— Mieux que moi ?

Avec une énergique conviction, elle déclara :

— Oh ! non, je t'aime cent fois plus.

— Décidément, pensa-t-il tout haut, c'est tout comme ce matin, je n'y comprends rien de rien.

— Père, reprit-elle, sans lui donner le temps de

procéder à un plus long interrogatoire, je suis exténuée. Ne me questionne plus. Mes yeux se ferment malgré moi, je vais me coucher.

— A ton aise, fit-il.

Et il l'embrassa.

— Mon vieux Jean, murmura-t-il entre ses dents, une fille à marier est un oiseau dont tu ignores les mœurs et dont tu ne comprends pas le chant.

« La fillette se tient pour satisfaite, tu dois l'être toi-même. Ne te creuse pas la tête. Qu'y mettrais-tu ?

Cette nuit-là, Jeanne Vivant se coucha ; mais le sommeil ne vint pas fermer ses paupières. De terrifiantes pensées assaillirent son esprit, angoissèrent son cœur.

Elle croyait connaître à cette heure toute l'atroce méchanceté de cette âme de boue, de cet homme qui s'imposait à elle en maître de sa destinée Il lui inspirait une invincible horreur, et cependant elle devait s'humilier devant lui pour obtenir qu'il daignât l'épouser.

La scène de la veille lui laissait deviner celles du lendemain

Avant le mariage, la lutte effroyable et inégale, sans merci, sans trêve, de la faiblesse contre la force, de la douceur contre la brutalité, de la vertu contre le vice ; des défaites avilissantes ou de tristes victoires payées d'indicibles souffrances.

Elle se leva, alluma la lampe

Après le mariage, une existence misérable, sans amour, sans dignité, sans repos.

— Et j'ai seize ans ! pensait la pauvre enfant. Il y a quelques jours, ma vie était une chanson, j'étais si heureuse ! cet homme est venu ; je pleure et je souffre.

« Il me faut dissimuler ma souffrance avec soin, comme d'autres cachent leur bonheur ; sourire même à cet homme, quand il reviendra... Me montrer aimante, soumise !... sinon il se vengera..., sur moi..., sur les miens, aussi. Il est capable de tout..., de se vanter qu'il m'a déshonorée ! Père en mourrait ; Pierre, mon frère, me maudirait et les honnêtes gens m'accableraient de leur mépris. Je serais obligée de fuir ma famille, mes amies, la maison où je suis née.

« Oh ! le lâche, le lâche !

La chambre de la jeune fille était sise à l'étage au-dessus de la cuisine où couchait Jean Vivant. Ainsi que le plus souvent à la campagne, le plafond de celle-ci tenait lieu de plancher à celle-là. En élevant le ton, on pouvait converser de l'une à l'autre.

Avant son départ pour le bois, le forestier, désireux de savoir comment sa fille avait passé la nuit, cria :

— Eh bien ! fillette, as-tu dormi ? N'es-tu pas malade ce matin ?

Jeanne venait à peine de s'assoupir : elle se réveilla en sursaut, s'imaginant entendre la voix de Baudrant. Elle reconnut son erreur sur-le-champ.

— Oui, père, répondit-elle, sois sans crainte, je suis mieux, merci.

— Je m'en vais, reprit-il, si tu as besoin de te reposer, ne te gêne pas. Fais grasse matinée. En hiver, ma mésange, les petits oiseaux ne se lèvent que pour manger.

Elle entendit qu'il s'éloignait en fredonnant un vieux refrain.

— Pauvre père, murmura-t-elle, attendrie sur elle et sur lui, s'il savait!

L'idée lui vint que, pendant un mois, elle ne subirait aucun assaut. Si poignants étaient ses souvenirs de l'avant-veille et de la veille qu'elle ressentit tout à coup un soulagement. Elle avait seize ans, elle était brisée, elle s'endormit d'un profond sommeil.

Ce jour et les suivants s'écoulèrent sans incidents pour le père et la fille. Invariablement, Jean Vivant passait sa journée au bois. Il rentrait à la nuit de belle humeur et de bon appétit. Du plus loin qu'il l'apercevait, il souriait à celle qu'il nommait sa douce mésange; il mangeait à belles dents et digérait dans son lit, les yeux fermés, avec toute la placidité d'une bonne conscience et d'un excellent estomac.

Un peu apaisée, Jeanne s'étudiait à chasser ses soucis dès qu'il apparaissait. Elle y réussissait assez pour tromper la perspicacité du bonhomme pour qui la forêt était, plus que jamais, le seul livre dans lequel il sût lire.

Quand la fille du forestier restait seule, une persistante mélancolie, plus intense à mesure que les heures s'enfuyaient, pesait sur ses pensées.

Il y avait déjà vingt jours que Robert Baudrant était absent. Jeanne voyait avec appréhension approcher le moment où elle se retrouverait avec son bourreau. Depuis quelque temps, elle éprouvait un singulier malaise et l'attribuait à cette appréhension qui l'obsédait.

Les jours se succédaient, le mal empirait, les yeux de la jeune fille se cernaient de bistre, ses joues se creusaient; d'autres accidents aussi l'inquiétaient.

La veille du jour où elle attendait Robert, il lui sembla qu'un voile se déchirait brusquement devant elle; une cruelle révélation la terrasse; elle porte la main à son flanc.

— Ah! gémit-elle, je suis perdue.

Et elle pensa :

— Pourvu qu'il m'épouse, maintenant.

La veille encore, elle redoutait le retour du chenapan. Avec quelle impatience elle désirait le revoir, à cette heure!

— Peut-être, se disait-elle, la paternité va-t elle lui inspirer un sentiment de tendresse et de commisération pour celle qui porte un être de sa chair à lui, de son sang. Peut-être me sera-t-il possible à moi-même d'oublier le dégoût et l'effroi dont je ne puis me défendre en sa présence.

Elle ne soupçonnait pas encore toute la scélératesse de l'ignoble personnage.

Bien qu'il eût repris ses occupations à la scierie de Stenay, pendant huit jours encore, Robert Baudrant s'abstint de paraître à la Mare-aux-Loups.

Le drôle trouvait sans doute auprès des casernes pâture suffisante à ses appétits grossiers. Ou bien, n'était-ce là qu'un tourment nouveau qu'il voulait infliger à sa victime ?

— J'ai rencontré Robert tout à l'heure, dit un soir Jean Vivant à sa fille. Il y a plusieurs jours déjà qu'il est revenu.

« Je lui témoignais mon étonnement de ne l'avoir pas encore vu ; il s'est plaint que M. Frapier le surcharge de travail et qu'il n'a pas eu une minute à lui. Mais il m'a demandé comment tu te portes, et m'a prié de t'annoncer sa visite pour demain.

« Il ne m'a parlé ni de ses parents, ni de ses papiers, qu'il a reçus, je suppose. Est-ce un oubli ? Tu feras bien de tirer au clair cette question.

La fille était du même avis que le père.

— Telle est mon intention, dit-elle.

— J'entends que le mariage ait lieu sans retard, déclara le forestier d'un ton plus bref que l'habitude. On pourrait remarquer les fréquentes visites de M. Baudrant ; les mauvaises langues jaseraient.

— Auraient-elles déjà jasé ? se demanda Jeanne qui prit peur.

Le forestier paraissait soucieux.

— J'ai bien envie d'attendre Robert demain murmura-t-il tout à coup.

Nulle décision ne pouvait impressionner plus désagréablement la jeune fille. Elle se hâta de protester.

— A quoi bon ? Ai-je besoin d'un aide pour obtenir un simple renseignement ?

— Il y a un mois, fit remarquer Jean Vivant, tu me suppliais d'assister à ton entrevue avec Robert ; le vent souffle d'un autre côté, maintenant.

— Cela était nécessaire alors, riposta-t-elle. Ne venait-il pas vous demander ma main ?

— Très bien, j'irai au bois, dit-il, mais tu exprimeras ma volonté de mener l'affaire rondement.

Ce fut une nuit terrible pour l'infortunée Jeanne Vivant, celle qui précéda la grande bataille qu'elle se préparait à livrer.

S'abandonnant tour à tour à l'espoir et à la crainte, en proie à l'obsession troublante de cette future maternité qui débutait par la douleur et ne lui réservait aucune joie, elle souffrit mille souffrances physiques et morales.

Quand, le matin, elle jeta un coup d'œil dans son miroir, elle recula épouvantée en apercevant ses traits amaigris et contractés, ses yeux noyés de larmes, encavés sous l'orbite.

Le forestier n'était pas là pour la surprendre en flagrant délit de désolation, elle ne se contraignit pas; et, pendant plusieurs heures, sanglotant et criant, elle donna un libre cours à son désespoir.

Deux heures après midi sonnaient au coucou de la cuisine. Jeanne entendit qu'on poussait la barrière du jardin. Elle pleurait encore; elle s'essuya les paupières et s'approcha de la fenêtre.

Robert Baudrant s'avançait la tête haute, promenant autour de lui des regards effrontés et cyniques.

Il entra.

Debout, s'appuyant au manteau de la cheminée, Jeanne apparaissait si pâle qu'on eût dit une statue de marbre. L'expression de sa physionomie était si navrante que le chenapan qui s'élançait pour brigander s'arrêta, frappé de stupéfaction.

— Vous êtes malade? demanda-t-il, oubliant de la tutoyer.

Elle était si émue qu'il lui fut impossible de lui répondre autrement que par un signe de tête.

— L'ennui de ne plus me voir, ricana-t-il.

Elle le regarda d'un air de reproche. Il se mit à la dévisager curieusement.

— Tiens, mais, reprit-il, depuis un mois, tu n'es pas embellie, sais-tu? Tu as vieilli de dix ans.

Elle prononça ces mots :

— Je souffre et je suis triste.

— Autrement dit, tu t'embêtes, fit-il avec sa grossièreté habituelle. Tu as tort de te faire des cheveux, ma fille, ça ne sert à rien.

Des pleurs inondaient le visage de la jeune fille. Le chenapan grommela :

— Voila la pluie qui tombe maintenant. Cela m'assomme; voyons, de quoi retourne-t-il? une bi-bille avec le pere Vivant, hein?

— Ce n'est pas de mon pere que j'ai à me plaindre, soupira-t-elle.

— De qui, s'il te plaît?

— De vous, Robert.

— Pourquoi?

— Osez-vous bien m'interroger?

— Dame! qui veut une réponse doit exprimer une demande.

— Ne vous doutez-vous pas de ce qui cause ma souffrance?

— En aucune façon.

— Eh bien! s'il faut vous le dire, murmura-t-elle très bas, d'une voix frémissante, et le front courbé comme une coupable, je suis enceinte.

Entendant cette déclaration, Robert Baudrant n'avait pas dissimulé une grimace d'ennui. Il gardait un silence inquiétant.

Elle leva sur lui ses beaux yeux chargés de langueur et de supplications.

— Robert, implora-t-elle, n'avez-vous rien à me répondre pour me consoler et pour calmer mon inquiétude ?

Il haussa les épaules.

— C'est vrai que c'est embêtant pour toi, daigna-t-il reconnaître; mais tu devais t'attendre à cela.

Il pirouetta sur les talons et s'avança pour embrasser la jeune fille.

— Ne pleure pas, petite bête, poursuivit-il; à quelque chose malheur est bon, plus besoin de nous gêner, tu comprends.

Oui, Jeanne le comprenait, et l'indignation peu à peu s'emparait d'elle. Une indignation altière qui fouette l'énergie, empourpre les joues et décuple les forces.

Elle entendait imposer désormais sa volonté, une volonté calme, et elle se contint.

Baudrant l'avait saisie dans ses bras, avec une vigueur surprenante, elle se dégagea de son étreinte et lui demanda :

— Avez-vous reçu vos papiers et le consentement de votre famille à notre mariage ?

— A quoi bon ? fit-il insolemment.

Elle lui jeta bien en face un regard de mépris.

— Je serai votre femme, dit-elle ; je ne veux pas être votre maîtresse.

— Cela est.

— Cela ne sera plus.

— C'est ce que nous allons voir.

Derechef, il voulut la prendre De ses deux mains, elle lui tordit le poignet cruellement.

Il lâcha prise et vocifera la plus ignoble injure :

— Tu m'as brisé le bras, clama-t-il.

— Tu m'as brisé le cœur, répliqua-t-elle.

— Si c'est ainsi que tu comptes te faire épouser, cria-t-il furieux, tu peux te fouiller.

— Oserez-vous donc abandonner la fille que vous avez déshonorée ?

— Ça, je m'en fiche.

Sans ajouter un mot, elle marcha vers la porte d'entrée ; donna deux tours à la serrure et mit la clef dans sa poche.

Elle revint se placer en face du commis.

— Écoutez-moi bien, reprit-elle d'une voix grave. Vous êtes venu à la Mare-aux-Loups, où nous vivions heureux et honorés. Avec vous, la honte, le déshonneur et le deuil ont pénétré au logis.

« Vous me refusez aujourd'hui la réparation

qui m'est due, c'est bien, réfléchissez. Je vous tiens enfermé. Mon père va rentrer ; je lui ouvrirai et je lui dirai : Père, cet homme que tu vois a souillé ton foyer, trahi ton hospitalité, violenté ta fille. Il refuse de m'épouser.

« Cela te regarde. Je le livre à ta justice. Tue-le, tu me tueras ensuite, si tu me juges coupable.

« Et si père te laisse aller, ou si tu parviens à t'échapper, mon frère, un vaillant soldat, ne te manquera pas, lui.

« Si tu quittes Stenay, où que tu ailles, mon frère et moi nous te poursuivrons. Ton sang coulera pour venger mon honneur.

« Robert Baudrant, je ne supplie plus, à cette heure, j'exige. Réfléchis.

L'attitude de la jeune fille était si déterminée, la force musculaire dont elle avait fait preuve était si grande que le commis, couard autant que pervers, ne songea pas à engager une lutte pour recouvrer sa liberté.

La perspective d'avoir affaire aux hommes d'une famille où les femmes se défendaient de si fière façon le terrifiait. Il résolut de donner à la jeune fille toutes les satisfactions possibles, sauf à se dérober à ses serments par la fuite. Il se mit à rire.

— Tu es superbe en héroïne, déclara-t-il, mais

ne vois-tu pas que je plaisantais. Je suis passionné, tu es un peu vive; chacun a ses défauts. Ce n'est pas une raison pour briser tout. Je suis un honnête homme, tu as ma parole, je la tiendrai.

« Quant à ta clef, garde-la, j'attendrai le père Vivant si tu y tiens, et nous viderons bouteille ensemble. Sur ma parole, je suis heureux de voir comment tu malmènes un amoureux trop entreprenant; mari, je dormirai sur les deux oreilles.

— Pourquoi m'avoir martyrisée l'autre soir? demanda-t-elle, en défiance de ce revirement subit.

— Avoue, fit-il en riant, que tu avais retenu ta cousine et ton père pour m'empêcher de t'embrasser.

— Si vous n'aviez pas été plus loin...

— Ah! tu sais, la passion, confessa-t-il avec bonhomie. Après tout, c'est de l'amour, cela. Crois-tu que je m'attaquerais à une personne que je n'aimerais pas?

Elle était trop heureuse d'ajouter foi à ses paroles pour refuser de se laisser convaincre. Elle lui laissa dire tout ce qu'il voulut.

— A propos, reprit-il, j'ai mes papiers, mon père consent au mariage. Nous fixerons le jour des noces quand il te plaira. Tu vois bien, méchante, que je t'aime. Pourrais-je, ajouta-t-il tout bas, renier mon sang?

Elle lui permit de prendre un baiser et le rendit.

A la nuit, il prétexta un rendez-vous d'affaires, quitta Jeanne, promettant de revenir le lendemain.

— Plus souvent, murmura-t-il, dès qu'il fut assuré qu'on ne pouvait l'entendre. Plus rien à faire ici ; la pimbêche a le polichinelle dans le tiroir, je me trotte. Cela tombe à merveille : ce soir, le patron a casqué. On m'offre une place à la Capitale.

Le soir même, le chenapan demandait à la gare son billet pour Paris.

IV

MAUDITE !

QUELQUES minutes plus tard, Jean Vivant rentrait au logis.

— As-tu vu Robert Baudrant, fillette ? demanda-t-il, ayant encore la main sur la porte.

— Il sort d'ici, répondit-elle.

— Eh bien ?

— Il a obtenu l'agrément de sa famille ; on lui a expédié les pièces nécessaires. Le mariage aura lieu quand il nous plaira.

Certain froncement de sourcils que Jeanne avait remarqué, non sans crainte, disparut subitement. Jean Vivant se dérida.

— Tout est pour le mieux, dit-il. Pourtant, Robert aurait dû ne pas s'éloigner avant mon retour ; nous aurions fixé le jour des noces, séance tenante. Quand reviendra-t-il ?

— Demain, après-midi.

— Bon, je ferai mon tour en forêt, le matin ; de cette façon, je serai présent à son arrivée ; nous réglerons l'affaire sans barguigner.

Jeanne se croyait, à cette heure, établie sur un terrain plus solide ; elle ne souleva aucune objection.

— A table, fillette, reprit le forestier, ce soir, je me sens le cœur joyeux et un appétit de loup.

Il s'assit, l'œil brillant et la mine épanouie, en face de sa fille, et entassa sur son assiette une pyramide de lard et de légumes qu'il se mit à absorber, « comme on rentre du foin à la grange » prétendait-il en plaisantant.

Sans perdre un coup de mâchoires, il interrogea la gentille ménagère :

— S'est-il informé si le père Vivant a des écus, et combien il en laissera choir dans la main de la mariée ?

— Mais non, père.

— Et toi, sais-tu si ses parents ont du bien ?

— Pas davantage.

— Un vrai mariage d'amour, alors. On s'épouserait tout nus, tout crus, comme des petits saints Jean, si le vieux n'était pas là pour ouater le nid de sa mésange.

— Cela ne me préoccupe pas, tu es si bon !

— Le drôle ne sera pas à plaindre : compagne

Elle l'implorait encore.

honnête et jolie à croquer, des terres et de l'argent, que peut-il souhaiter de plus ?

« Toi, tu auras un mari bien sage, un peu femmelette, mieux vaut cela que des manières trop rudes. Il est bien payé chez son patron ; vous serez heureux : je le suis déjà. A ta santé, madame Baudrant !

Ainsi qu'il l'avait annoncé, le bonhomme Vivant se leva le lendemain avant le jour. Sur-le-champ, il s'équipa, et, déployant le compas de ses longues jambes, il s'éloigna en toute hâte.

A midi sonnant, il était de retour à la Mare-aux-Loups.

Pour la première fois depuis un mois, Jeanne avait tiré du vieux bahut ses plus frais atours et retrouvé son radieux sourire et les roses de ses joues.

Le forestier orgueilleux, ravi, pensa tout haut :

— Il n'y a pas de plus jolie fille dans tout le pays de Lorraine.

En attendant le commis, le père et la fille s'étaient mis à deviser au coin du feu. Sans qu'ils y prissent garde, le temps s'écoulait, le coucou sonna l'heure bruyamment.

— Deux heures, déjà ! s'exclama Jean Vivant surpris. A quel moment Robert doit-il venir ?

— A cette heure. Et même, il vient plus tôt d'habitude, répondit-elle.

— M. Frapier l'aura retenu.

Jeanne s'était levée, prise d'un malaise subit ; elle jeta un coup d'œil sur la route de Mouzé, nul voyageur n'était en vue. Le sourire disparut de ses lèvres.

— C'est singulier, murmura-t-elle.

Le forestier voyait tout en beau.

— Il n'y a pas là de quoi s'inquiéter, reprit-il. Prends patience, ma belle amoureuse ; il viendra et nous lui ferons honte de son peu d'empressement.

Elle ne répondit pas et se rassit sous le manteau de la cheminée.

Il eût voulu poursuivre l'entretien ; mais quelque effort qu'il tentât, il ne parvint plus à obtenir d'elle que de rares monosyllabes.

A la fin, lassé, il se tut, un peu somnolent ; et dans le silence morne de la cuisine on n'entendit plus que le bruit sec et régulier de l'horloge dont les aiguilles tournaient impitoyablement.

Plus d'une fois, le coucou avait déployé ses ailes et chanté la marche du temps ; plus d'une fois, Jeanne s'était approchée de la fenêtre. Robert Baudrant ne venait pas.

A quatre heures, le forestier s'éveilla, promenant autour de lui des regards étonnés.

Près du foyer éteint, les bras tombés, dans une attitude affaissée, la jeune fille se tenait assise.

Sur ces longs cils, une larme perlait ; les roses de son teint n'étaient plus : sur sa chair de lis, de frissons couraient.

L'inquiétude s'empara de lui.

— La nuit tombe, s'écria-t-il, Robert n'est pas venu ; que signifie cela ?

Il remarqua la douleur de Jeanne et ajouta :

— Je vais à Stenay, à la scierie. Ne te désole pas, ma mésange ; je te ramènerai Robert. S'il le faut, je verrai M. Frapier et demanderai congé pour notre homme. Son patron ne me refusera pas cette faveur.

La jeune fille avait écouté son père sans l'interrompre ; elle le laissa partir sons prononcer un mot.

De quatre heures à dix heures du soir elle demeura seule et souffrit mille morts.

A dix heures, la claire-voie du jardin cria sur ses gonds ; Pataud, le chien de garde, aboya joyeusement

Jeanne se trouvait encore dans la même posture ; elle tressaillit.

— Père, pensa-t-elle ; es-tu seul ?

Elle se leva, alluma la lampe et, fixant la porte d'entrée d'un regard fiévreux, attendit...

Un bruit de pas s'arrêta sur le seuil ; le loquet fut tiré ; le forestier entra ; son visage était bouleversé.

— Et Robert ? gémit-elle anxieuse.

— Ma pauvre enfant ! murmura-t-il.

— Un nouveau malheur ! dit-elle d'un ton rauque, et elle chancela.

Il la retint ; elle répéta :

— Et Robert ?

Il ne répondit pas. Elle ne se méprit pas sur la signification de son silence.

— Ah ! mon Dieu, sanglota-t-elle, il est parti, parti pour toujours.

Ses genoux fléchirent, son regard se voila, une convulsion tordit ses traits, elle perdit connaissance.

Quand elle revint à elle, elle était couchée dans son lit, habillée. A son chevet, son père épiait son retour à la vie. Une expression de pitié profonde apparaissait empreinte sur ses traits.

Elle avait perdu le souvenir, elle le regarda ; la mémoire lui revint et en même temps le sentiment de son infortune.

— Ah ! père, demanda-t-elle, je ne me trompe pas, il est parti.

Il inclina lentement la tête et lui prit les mains avec une douceur infinie.

— Mon enfant, ma mésange, balbutia-t-il, s'efforçant de ne pas fondre en larmes, ne te désespère pas. Ne suis-je pas là, moi qui t'adore, moi que tu aimes, n'est-ce pas ? Pendant de longues années, n'avons-nous pas vécu heureux l'un pour l'autre ? Nous vivrons encore heureux.

« Un traître, un misérable s'est enfui ; chasse son image de ta pensée. Il est indigne de toi ; courage, mon enfant, n'es-tu pas d'un fier sang de bonne Lorraine ? Tu es jeune, tu es jolie, ton honneur est intact. Nous te trouverons un honnête homme à qui tu pourras donner ta main sans rougir.

De nouveau, Jeanne, affolée, ferma les yeux.

A la lueur de la lampe, on voyait l'ombre envahir les cavités de ses yeux et les creux qui se formaient sur ses joues. Ses lèvres semblaient exsangues, et son souffle était si faible qu'on l'eût cru près de s'éteindre.

A genoux, en proie à l'affreuse douleur d'un père au lit d'agonie de son enfant, le forestier haletait ; une sorte de râle secouait sa poitrine et frémissait en sanglots dans sa gorge.

— Elle se meurt, et moi je deviens fou, fit-il d'une voix brisée.

Il mit les mains sur ses yeux et appuya sa bouche sur la main de Jeanne.

Elle releva enfin les paupières et sentit sa main humide. A la vue de son père qui pleurait silencieux, elle se raidit contre son propre tourment.

— Pauvre père, pensa-t-elle, il ignore encore l'étendue de mon malheur.

« Ne pleure pas, père, cela me fait mal, dit-elle.

Il essuya ses yeux et la contempla d'un air d'adoration.

— Je croyais, répondit-il, que tu voulais me laisser seul sur terre, et je songeais à te rejoindre.

Il lui baisait les mains et le front avec une tendresse passionnée et touchante.

Elle se sentit enveloppée d'un ineffable amour et moins troublée. Elle n'était pas coupable, après tout ; elle affirmerait son innocence à son père et parviendrait à le convaincre. Ne la savait-il pas incapable de faillir ?

Cette pensée la rasséréna ; elle se prit à espérer en des jours meilleurs.

En attendant, elle supplia Jean Vivant de lui conter sans rien omettre ce qu'il avait appris à Stenay chez M. Frapier. Elle ne désignait plus Baudrant que par le prénom « il » ; elle tenait à savoir où « il » était, quand « il » avait quitté Stenay, et quels motifs « il » avait allégués.

Tant et si bien elle insista, qu'il lui dit tout.

— Ma pauvre enfant, commença-t-il, en te quittant, j'avais le pressentiment de quelque méchante aventure ; je me suis rendu droit à la scierie.

« -- Robert Baudrant ? ai-je demandé à la porte.

« On m'a regardé de travers, et quelqu'un

m'a répondu : « On ne l'a pas vu aujourd'hui. »

« — Et M. Frapier, il est là, je suppose ?

« — Dans son bureau, voyez.

« — Bon, je sais où.

« Je frappe à la porte :

« — Entrez !

« — Tiens, c'est vous, père Vivant, dit M. Frapier en me reconnaissant. Comment va ?

« — Vous êtes bien honnête, monsieur, et vous-même ?

« — Qui vous amène si tard à Stenay ? Une contravention relevée au bois contre mes hommes ?

« — Faites excuse, monsieur ; j'ai besoin d'un renseignement. Où est Robert Baudrant, votre commis, s'il vous plaît ?

« — Où il est ? Ne vous a-t-on pas informé de ce qui se passe ?

« — Non, monsieur.

« — Eh bien ! Robert Baudrant n'est plus à la scierie.

« — Où donc est-il ?

« — Cela, je l'ignore. Le drôle a touché ses appointements hier. Il paraît qu'il a déménagé à la cloche de bois et filé sans tambour ni trompette.

« — Il a filé ?

« — Oui, et véritablement, il m'a débarrassé.

C'est un incapable, un fainéant, un vaurien, toute la kyrielle. Dans ses comptes, on constatait trois erreurs pour deux chiffres; et à peine posait-il deux chiffres par jour. A l'usine, il se montrait insolent avec ses inférieurs, à tel point que nul ne voulait plus avoir affaire à lui; au dehors, il n'y avait pas le plus éhonté coureur de filles et de cabarets. Et, pour combler le tout, menteur impudent.

« Le chenapan s'est esquivé à temps; mes ouvriers se préparaient à lui faire une conduite dont il se serait souvenu.

« Que lui vouliez-vous, père Vivant?

« Ma foi, fillette, entendant cela, je suais, je soufflais; je me vouais à tous les saints, et j'aurais voulu être au diable. J'ai tiré de ma gibecière un gros mensonge pour cacher mon jeu. J'ai dit à M. Frapier :

« — Je venais lui signifier de ne plus s'arrêter à la Mare-aux-Loups où ma fille a été forcée de le recevoir en mon absence.

« — Si c'est là seulement ce qui vous amène, a poursuivi M. Frapier, vous pouvez être tranquille. Robert Baudrant a quitté le pays.

« Quant à votre jolie fille, présentez-lui mes compliments. Le jour où vous voudrez la marier, venez me le dire. J'ai sous la main un mari modele. Je le lui présenterai, et si mon candidat est agréé, je me charge de la noce. »

« Là-dessus M. Frapier m'a frappé sur l'épaule et reconduit à la porte.

« Ce n'est pas tout encore ; après avoir pris congé de M. Frapier, j'ai pensé : Qui n'entend qu'une cloche n'entend qu'un son. Voyons ce que d'autres me diront.

« J'ai poussé jusqu'à la pension de Robert Baudrant. Là, on m'a renseigné de tous points sur le compte du citoyen : un ivrogne, un joueur, un débauché de la pire espèce.

« Ah ! ma chère enfant, sans doute ce qui arrive est chose terrible ; tu souffres, car tu l'aimais, cet homme indigne d'une honnête fille. Mais nous devons une fameuse chandelle à la Vierge de n'avoir pas permis que tu te lies pour la vie.

Encore que chaque mot du forestier avivât la plaie douloureuse dont souffrait le cœur de la jeune fille, elle avait écouté le récit sans l'interrompre. L'excès du mal la stupéfiait.

Seule, elle se fût volontiers laissée abattre et couchée dans un linceul.

Mais, pour ne pas provoquer encore le désespoir de son vieux père dont les sanglots l'affolaient, elle fit un appel suprême à toute son énergie et résolut de lutter jusqu'à la fin.

Attentif à un moindre mouvement de sa fille, Jean Vivant guettait ses impressions d'un regard anxieux.

— Eh bien ? fit-il, souhaitant un mot de sa bouche, et sans oser l'interroger d'une façon plus précise.

Elle lui déclara ce qui était vrai :

— Je ne l'aime plus.

Il joignit les mains et s'écria :

— Dieu merci, l'enfant est sauvée.

Et la joie du vieil homme déborda exubérante, attendrie. Il avait arraché son enfant à la mort. Il l'emporta près du foyer à la flamme joyeuse, à la chaleur bienfaisante, pour la mieux voir et la réchauffer.

Il tenait maintenant Jeanne assise sur ses genoux, pressée contre sa poitrine, et il la berçait d'un mouvement doux, riant et pleurant, murmurant avec une émotion naïve la berceuse qu'il avait chantée jadis pour l'endormir :

— Do, do, l'enfant do.

La jeune fille se laissait aller dans les bras du vieillard, la tête appuyée sur son sein, les yeux à demi clos, l'oreille charmée, évoquant le rêve et les souvenirs délicieux de son enfance.

Le forestier obtint de Jeanne qu'elle essayât de prendre quelque repos ; elle y consentit afin de le rassurer, et lui sourit quand il s'installa près de son lit pour veiller sur son sommeil.

A minuit, il se retira sur la pointe des pieds, de peur de l'éveiller, et se coucha, persuadé que son enfant était guérie du mal d'amour.

Jeanne ne dormait pas ; elle pleura pendant toute la nuit.

Le lendemain, Jean Vivant ayant manifesté son intention de rester au logis, il fallut que sa fille lui affirmât solennellement qu'elle se consolait et se portait mieux.

Il n'avait pas fait cent pas hors du logis que l'infortunée gémissait et se tordait, en proie à d'horribles maux de cœur Cette fois, la crise était significative, le malheur était certain.

Pendant de longs jours, Jeanne dut multiplier, les précautions pour dissimuler ses souffrances non seulement à son père, mais à l'œil exercé des commères qui, sur le bruit de sa mésaventure, s'abattaient à la Mare-aux-Loups dans l'espoir de surprendre quelque secret intéressant la malignité publique.

Heureusement pour la jeune fille, telle était sa réputation de sagesse, que, nonobstant l'altération de ses traits et le mauvais renom du triste sire qui s'était joué d'elle, nul ne s'avisa de soupçonner la vérité.

La jeune fille parlait peu d'elle-même, et point du tout de Robert Baudrant ; les bonnes âmes en furent pour leur pèlerinage à Saint-Agobert ; leurs visites devinrent rares et cessèrent.

Anne-Marie, seule, par bonté d'âme, tint plus longtemps que les curieuses : elle voulait avoir sa cousine à sa noce et insistait. Jeanne ayant opposé un refus catégorique à ses sollicitations, à son tour la fiancée du vigneron se retira froissée; le logis du bois fut derechef abandonné au père et à la fille.

Deux mois s'écoulèrent; nuit et jour, avec une terreur croissante, Jeanne voyait venir le moment où il lui deviendrait impossible de cacher ce qui était son malheur — ce que tout le monde appellerait sa faute, hélas!...

— Ne vaudrait-il pas mieux, se disait-elle, avouer ma situation à mon père? Il m'aime, ma conscience ne me reproche rien, il me croira. Il est si bon, que, me soupçonnât-il coupable, il me pardonnerait. Me sachant innocente, il me plaindra, il me consolera de la honte et du mépris.

« C'est entendu, ce soir, je déchargerai mon pauvre cœur de ce fardeau qui l'accable.

Le soir, quand rentrait le forestier, à l'instant où Jeanne se proposait de parler, une pensée poignante lui fermait la bouche: S'il allait ne pas me croire! S'il me maudissait!

Cette crainte du courroux paternel la tenait muette et pantelante pendant de longues heures. Pour avoir raison de cette terrifiante vision, elle étudiait anxieusement la placide physionomie du forestier et s'efforçait d'y découvrir l'image d'un père consolateur et doux.

Mais elle se taisait, s'accordant délai, remettant au jour suivant sa redoutable confidence.

Et, le jour suivant, les mêmes angoisses l'assaillaient ; elle ne parlait pas, s'assignant de nouveau le terme du lendemain ; ce lendemain qui revenait si vite pour elle, maintenant.

A lutter ainsi, Jeanne Vivant s'épuisait, dépérissait physiquement à vue d'œil. Mais, chaque jour, elle accueillait son père par un sourire et par de bonnes paroles.

Ce sourire illuminait le visage de la jeune fille; ces paroles étaient si douces à l'oreille du vieillard qu'il ne s'apercevait pas que sa fille succombait à un mal mystérieux.

Il advint une fois, à la fin, que le forestier rentra du bois sans être vu. La jeune fille s'imaginait être seule et ne prenait aucun souci d'étouffer ses gémissements.

Il entendit une plainte déchirante, il se précipita dans la chambre de Jeanne. Eperdue de souffrance, l'œil exorbité, l'écume à la bouche, celle-ci haletait, comprimant à deux mains sa poitrine soulevée par d'affreux hoquets.

L'affaissement de la jeune fille était visible, le vieillard épouvanté déclara qu'il allait chercher un médecin. Elle s'y opposa avec une obstination si suppliante qu'il feignit de renoncer à son projet. En réalité, sa résolution était prise ; sans prévenir sa fille, il écrivit le soir même au docteur.

Jeanne Vivant et son père devisaient en tête à tête quand le docteur Guérin, de Stenay, vieux praticien sceptique, aguerri contre la compassion par une longue habitude de débrider les plaies de toute nature, attacha son cheval à la barrière de la Mare-aux-Loups.

A sa vue, la jeune fille demeura clouée sur sa chaise; une expression de mortelle frayeur décomposa ses traits.

— Serviteur, dit avec brusquerie, en entrant, M. Guérin. Il paraît qu'on a besoin de moi ici. Qui est malade? Vous, père Vivant, ou cette jeune demoiselle?

— Ma fille, monsieur Guérin, répondit le forestier qui offrit un siège au docteur en face de Jeanne. Elle prétend qu'elle ne sent aucun mal ; et moi, je soutiens qu'elle est malade. Qui de nous a raison ?

M. Guérin examinait la pauvre enfant d'un regard scrutateur ; il la vit pâlir.

— Vous, père Vivant, répondit-il laconiquement.

— Là, j'en étais sûr, reprit le bonhomme. Voyons, Jeanne, explique à M. Guérin ce que tu éprouves. Il te donnera une ordonnance, et moi j'irai quérir chez le pharmacien des remèdes pour te guérir.

Plus morte que vive, Jeanne baissait les yeux

— Malheur à lui !

sous ce regard du docteur à qui son trouble et son masque tourmenté révélaient ce qu'elle eût voulu lui dérober. Elle gardait un silence farouche.

A la dérobée, elle se hasarda enfin à regarder celui qui l'examinait.

La contenance sévère de M. Guérin la glaça ; elle se raidit et serra les dents de peur de se trahir par un geste, par un cri.

Le docteur avait terminé son examen.

— Souhaitez-vous, mademoiselle, demanda-t-il d'un ton bref, m'entretenir en particulier du mal dont vous souffrez. Il est tels symptômes dont une fille ne peut parler en présence de son père.

— Veux-tu que je te laisse seule avec M. Guérin ? proposa le forestier.

Elle se récria :

— Père, je t'en supplie, ne t'éloigne pas. Quant à vous, monsieur le docteur, poursuivit-elle, je n'ai rien à vous dire ; je ne souffre pas.

M. Guérin était fixé; il n'insista pas. Sans tenir compte de la prière que lui adressait Jean Vivant, il remit son chapeau et rajusta ses gants.

— Il me déplaît, fit-il sèchement, de soigner les malades qui refusent de me donner aucun renseignement.

« Adieu, mademoiselle, quand, de votre libre volonté, vous témoignerez le désir de me voir, je serai à votre disposition.

Avant que le père Vivant fût revenu de sa stupéfaction, il avait déjà refermé la porte.

Derrière le docteur, le forestier s'élança.

— Miséricorde! pensa Jeanne. A-t-il deviné mon secret? Me trahira-t-il?

« Oh! misérable Baudrant, murmura-t-elle, pauvre père!

Elle s'affaissa brisée, attendant à genoux, les mains jointes, dans l'attitude d'un condamné à qui son juge lit la sentence de mort.

Dans le jardin, le père Jean avait rejoint M. Guérin.

— Dites-moi, monsieur le docteur, supplia-t-il, quelle est la maladie de ma fille?

— Je n'ai pu l'ausculter, répondit-il évasivement, et je n'aime pas raisonner sur des suppositions.

— Vous l'avez examinée, cependant.

— Cela est exact, mais elle ne m'a pas renseigné.

— Un savant comme vous voit des choses que les autres ne voient pas.

— Quelquefois.

— La maladie est-elle mortelle?

M. Guérin sourit d'un air singulier.

— Rassurez-vous, fit-il, ces sortes de maladie ont une terminaison qui met rarement en danger la vie de la patiente.

— Vous savez ce que ma fille a?

— Eh bien! oui.

— Quoi donc?

Le médecin hésitait.

— Une indisposition qui dure neuf mois, répondit-il, poussé à bout.

Le forestier chancela; il porta la main à son front comme s'il eût reçu un coup de massue.

— Ah! oui..., je comprends, bégaya-t-il; ma fille... est... déshonorée.

Son œil s'injectait déjà; le sang affluait à son cerveau, piquant sur les joues des ecchymoses violettes.

— Ai-je bien agi en découvrant le pot aux roses? se demanda le docteur. En tout cas, je me suis fait un client que je ne puis plus abandonner. Voilà un homme que l'apoplexie va terrasser.

Froidement il tâta la poche de son habit.

— Heureusement, pensa-t-il, j'ai ma lancette.

Jean Vivant avait repris le chemin de la maison; il marchait d'un pas lourd, oscillant dans tous les sens.

Sans qu'il s'en doutât, M. Guérin le suivait.

Le vieillard ouvrit lentement la porte et s'adossa au battant.

Sa fille, prosternée, leva les yeux. Elle reconnut à peine les traits crispés de son malheureux père. Il fixait sur elle un regard navré, inoubliable, de grosses larmes roulaient lentement sur sa barbe blanche.

Elle lui tendit les bras et voulut crier : Pitié! Elle ne put que gémir.

Et lui, livide, hagard, il murmura d'une voix qui n'avait plus rien d'humain :

— Infâme! je te maudis.

Elle l'implorait encore...

La main de Jean Vivant, levée pour la malédiction, retomba inerte; sa prunelle vitreuse s'immobilisa; ses jambes se dérobèrent. Il se laissa glisser le long de la porte, sans un mouvement pour se retenir.

Mais avant que le haut du corps eût touché terre, M. Guérin l'avait empoigné par les épaules.

La jeune fille se traînait sur les genoux vers son père; en le voyant tomber, elle poussa un cri terrible.

— Levez-vous, ordonna le docteur, prenez-le par les jambes. Plaçons-le sur son lit.

Elle le regardait sans le voir, l'écoutait sans l'entendre.

— Levez-vous, vous dis-je, reprit-il durement, si vous ne voulez l'achever.

— Il n'est pas mort, fit-elle se parlant à elle-même.

Elle obéit.

En quelques secondes, le forestier fut couché sur

son lit, le buste presque droit, la tête soutenue par des oreillers.

Sans prononcer un mot, le docteur avait mis à nu le bras; il tira de sa trousse une lancette et piqua la veine.

Le sang ne jaillit pas.

— Apoplexie foudroyante, un homme perdu, grogna-t-il, sans se préoccuper de Jeanne.

Auprès du lit, celle-ci se lamentait amèrement; elle baisait pieusement la main du forestier.

— Pauvre père, sanglotait-elle, encore si plein de vie tout à l'heure. Est-ce possible? tes yeux ne voient plus ton enfant, ta bouche est muette, ma voix ne frappe plus ton oreille. Monsieur, je vous en supplie, sauvez-le, ou je meurs avec lui.

Il se retournait pour lui dire sans ménagement : C'est vous qui l'avez tué.

Elle lui jeta un regard si suppliant qu'il ne se sentit pas le droit de la souffleter de cette accusation.

Il lut dans ce regard de jeune fille, en même temps que la douleur, une telle expression de candeur et de franchise, qu'il pensa :

— A coup sûr, je me suis trompé, cette malheureuse enfant n'est pas une drôlesse. C'est une victime, non une coupable.

— Sauvez-le, sauvez mon père, répétait-elle; il n'est pas mort, je ne veux pas qu'il meure.

Il mit la main sur le cœur du forestier; il ne battait plus. Il approcha de ses lèvres un miroir; aucune buée ne ternit le verre.

— Ma pauvre fille, déclara-t-il avec une émotion inaccoutumée chez lui, ayez du courage, de la résignation. Votre père a passé sans souffrances Puisse cette pensée adoucir votre peine!

— Ah! monsieur, gémit-elle, je l'ai vu mourir, lui qui m'aimait tant, et sa dernière parole a été pour me maudire. Et je n'ai pas eu le temps de crier : Père, je suis innocente. Et il est mort, mort. O Dieu! faites qu'il m'entende : Père adoré, je n'ai commis aucune faute. Un lâche m'a surprise. Retire ta malédiction.

M. Guérin avait abaissé les paupières de Jean Vivant.

— Voyez, mon enfant, reprit-il avec autorité, son visage est calme, il jouit de l'éternel repos. Il vous a entendue, il vous pardonne. Calmez-vous, au nom de votre bien-aimé mort, je l'exige.

« Il faut vous soigner; c'est un devoir plus impérieux pour vous, à cette heure.

Il s'aperçut qu'une folle terreur s'emparait d'elle.

— N'ayez crainte, poursuivit-il, un médecin est un confesseur.

« Quant au défunt, embrassez-le une dernière fois, et laissez-moi faire le nécessaire. Il y a des bûcherons à deux pas, j'en vais chercher un pour veiller sur le corps. Moi-même, je préviendrai votre famille.

Elle vint s'agenouiller près du cadavre et murmura une prière. S'étant relevée, elle regarda longuement le vieillard et lui baisa la main et le front avec un respect touchant.

— Adieu, père adoré, dit-elle, ne me maudis pas là-haut.

Et elle éclata en sanglots.

M. Guerin dut l'aider à se retirer chez elle.

V

RÉVÉLATION

JEAN VIVANT reposait dans la tombe.

A la Mare-aux-Loups, où, pendant un jour ou deux, une vieille parente s'était dévouée à prodiguer des soins à Jeanne, et évertuée de son mieux à la consoler, Pierre Vivant, libéré du service militaire, occupait au foyer la place du père.

L'ancien soldat avait obtenu sans peine d'être nommé en remplacement d'un fidele serviteur.

Jeanne l'avait accueilli affectueusement; le frère et la sœur s'aimaient. Mais elle gardait un silence sombre quand il s'efforçait de pénétrer le mystère des souffrances que trahissaient son visage et son attitude.

M. Guérin de Stenay, qui s'était pris d'amitié pour elle, détenait seul le secret de Jeanne. Il venait lui faire visite et lui apportait chaque fois des médicaments qu'il préparait lui-même.

En vain, Pierre Vivant avait interrogé le docteur : celui-ci parlait en termes vagues de la tristesse et d'un commencement d'anémie qu'il combattait chez sa cliente ; il témoignait une répugnance visible quand il se trouvait forcé de répondre aux questions du jeune homme, et se dérobait au plus vite.

Et cependant, dès le retour du soldat, le brave homme avait conseillé les aveux à Jeanne.

— De grâce, monsieur, s'était écriée celle-ci, accordez-moi quelques jours encore. Je me sens si incapable d'énergie et de courage ! Je n'ai plus que mon frère qui m'aime. S'il me retirait son affection, que deviendrais-je ?

A plusieurs reprises, il s'était efforcé, sans succès, de vaincre ses appréhensions.

— Ma chère enfant, lui dit-il enfin, il devient impossible de dissimuler plus longtemps votre situation à Pierre. Voulez-vous qu'il croie à une faute, si la malignité publique se charge de l'instruire, ou si ses yeux découvrent ce que vous cachez ?

« Il vous serait pénible, je le conçois, de refaire à un autre le récit que vous m'avez fait de la trahison dont vous avez été victime. Confiez-moi cette mission. Votre frère est un garçon loyal et bon : je réponds de sa pitié.

— Ah! monsieur Guérin, répondit-elle, Dieu nous vienne en aide! Vous êtes un homme avisé, vous, je remets ma cause entre vos mains. Si Pierre me renie, je sais bien quel parti je prendrais. Mieux vaut mourir que vivre méprisée. On creusera ma fosse là où sont enterrés nos parents. Peut-être mon frère accordera-t-il quelques larmes et un souvenir à une infortunée.

Pendant plus d'une heure, M. Guérin lui prodigua de bonnes paroles.

— Pierre vient à Stenay demain, conclut-il; priez-le de passer chez moi. Espoir et courage, ma pauvre Jeanne.

Pierre Vivant, un gars trapu, vigoureusement musclé, portait haut la tête. Il tenait de sa race un sang vif et un cœur d'or. On le disait intransigeant sur les questions d'honneur.

Il adorait sa sœur, mais d'une affection sévère, et n'était pas homme à lui pardonner une faute.

— Si vous ne parvenez pas à le convaincre de mon innocence, avant de le laisser partir, avait dit Jeanne au docteur, quand il rentrera ce soir à la Mare-aux-Loups, il me faudra moi-même en sortir sur l'heure.

« Père, qui était si bon, m'a maudite; mon frère, lui, me chassera impitoyablement. Ce sera le dernier coup pour moi; je n'y survivrai pas.

C'était réellement question de vie ou de mort

pour la malheureuse jeune fille; et, en cas d'insuccès, une responsabilité redoutable pour le donneur d'avis dans cette affaire si délicate.

Aussi bien, à l'heure où il attendait Pier. Vivant, M. Guérin se montrait fort préoccupé; il se promenait de long en large dans son cabinet de consultations, gesticulant, murmurant à voix basse des phrases inachevées, sans doute le canevas de son plaidoyer en faveur de Jeanne.

Au fond, la mort subite du forestier, survenue à la suite d'une révélation foudroyante, inquiétait la conscience du docteur. Il se sentait d'autant plus troublé que la jeune fille, non coupable, lui inspirait une plus vive sympathie.

— Si ma parole provoquait un nouveau malheur, pensait-il, je ne m'en consolerais pas.

« Et cependant il est de toute nécessité qu'un ami bienveillant apprenne à ce garçon ce que les mauvaises langues crieront demain peut-être et qu'un avocat justifie Jeanne auprès de lui.

« Si j'échoue, eh bien! j'ai pris en main la juste cause; dussé-je recueillir ma cliente sous mon toit, je ne l'abandonnerai pas.

Il jeta un coup d'œil sur sa pendule.

— Bientôt dix heures, se dit-il, notre homme n'est pas loin d'ici.

Un coup frappé à sa porte, à ce moment même, le fit tressaillir.

— Entrez! cria-t-il.

La porte s'ouvrit ; Pierre Vivant parut sur le seuil.

— Serviteur, monsieur Guérin, dit-il esquissant, par habitude, le salut militaire, de la main droite, encore qu'il tînt déjà de la gauche son képi de forestier.

« La petite sœur m'a recommandé : N'oublie pas de passer chez M. le docteur ; il désire te voir. Me voici tout à votre service.

— Une poignée de main, mon brave Pierre, répondit M. Guérin, et prenez ce siège. Notre entretien étant de nature à vous retenir chez moi pendant quelque temps, j'ai besoin que vous puissiez m'écouter sans fatigue et avec patience.

— Vous écouter sans fatigue, monsieur Guérin, déclara-t-il un peu étonné mais souriant, ne craignez rien. Au bataillon j'ai tiré des factions plus longues, et plus pénibles surtout, que celle que vous me demandez, je suppose.

« Quant à de la patience, je sais le respect qui vous est dû ; bien que je n'en aie pas des masses à ma disposition, je vous donnerai de grand cœur tout ce que j'en possède sur moi.

— Mon cher garçon, commença le docteur, avez-vous, depuis votre retour, entendu parler d'un individu dont le nom est Robert Baudrant ?

Pierre Vivant fronça le sourcil.

— Le commis de la scierie Frapier, une crapule! fit-il énergiquement.

— Vous n'ignorez pas non plus qu'il avait sollicité la main de votre sœur?

— On me l'a conté.

— Et que le père Vivant la lui avait accordée?

— Un tort du père.

— Un tort, oui, un grand tort même; il n'était pire débauché que ce Robert Baudrant. Jean Vivant, l'homme le plus loyal qui fût au monde, mesurait chacun à son aune; avant d'accueillir ce prétendant, il n'avait pris aucun renseignement. Il s'était rendu coupable d'une grande imprudence.

— Il est heureux pour ma sœur que son futur ait jugé à propos de lever le camp, la voilà délivrée du plus grand mal. L'enfant pleure encore, cela s'excuse. Il paraît que le gredin avait une mine d'enjôleur, et qu'il était parvenu à embobiner tout le monde à la Mare-aux-Loups et à Stenay. Mais elle se guérira d'un amour par un autre.

« Quant à lui, le Baudrant, s'il tombe un jour sous ma coupe, foi de Pierre Vivant, il verra une fière différence entre la poigne du frère et la main de sa sœur.

« S'il vous a prié de parler pour lui, poursuivit-il pris tout à coup de soupçons, il est inutile de gaspiller votre peine et votre temps. Et même, si vous lui portez quelque intérêt, conseillez-lui de

Pierre portait haut la tête

ne se risquer jamais sur le « triage » de la Mare-aux-Loups ; il lui en cuirait.

M. Guérin se récria vivement :

— Celui qui éveille en vous un ressentiment légitime ne m'inspire pas le moindre intérêt, soyez-en convaincu. J'applaudirai le premier, le jour où il vous sera possible de lui infliger le châtiment qu'il mérite. Mais il est loin d'ici et ne songe pas à revenir. A cette heure, sa plus grosse préoccupation est de cacher où il demeure aux habitants de Stenay.

— Aurait-il joué des tours pendables aux environs ?

— Il a commis un crime, articula le médecin d'un ton grave.

— Un crime, dites-vous ?

— Un crime sur l'une des personnes qui vous tiennent le plus près.

L'ancien soldat eut un violent haut-le-corps.

— Expliquez-vous sans détour, monsieur Guérin, demanda-t-il. Quel est ce crime ? Mes plus proches, c'étaient, il y a quinze jours, mon père, ma sœur. Mon père est décédé. Robert Baudrant aurait-il hâté la mort du vieillard ?

— Sans Robert Baudrant, Jean Vivant existerait encore, je le crois.

— L'aurait-il frappé, Sang-Dieu !

— Il l'a tué, vous dis-je, non pas ainsi que vous

l'entendez, mais en le frappant traîtreusement dans sa plus chère affection.

— Ma sœur! rugit Pierre. Le misérable Baudrant a séduit ma sœur. Malheur à lui! Malheur à elle aussi! Je vengerai le père.

Il voulut s'élancer au dehors.

M. Guérin le saisit par le bras.

— Demeurez, ordonna-t-il, et m'écoutez; vous ignorez ce qui s'est passé.

La voix du médecin était solennelle: son regard devint sévère; le garde dominé se laissa ramener à son siège.

— Votre sœur est l'innocente victime du plus odieux des attentats, continua M. Guérin; elle se meurt de désespoir. Avez-vous formé le triste projet de parfaire l'œuvre d'un gredin?

« La mort de Jean Vivant crie vengeance, soit; mais c'est contre son assassin, c'est Baudrant qu'il faut punir; ne cherchez pas une complice, il n'en eut pas. Je le sais, et, sur mon honneur, je vous l'affirme, moi, qui ai recueilli le dernier soupir de votre père.

« Moi qui, sur son cadavre, ai vu se précipiter sa fille affolée, criant : « Père, père adoré, je ne suis pas coupable! »

« Et elle se meurtrissait la poitrine; elle adjurait le Tout-Puissant qui lit dans les cœurs : « Dieu, faites qu'il m'entende; que je meure à l'instant si le mensonge souille ma bouche et si mon père ne me pardonne pas. »

« J'ai conservé de cette scène un souvenir ineffaçable et acquis la conviction profonde que Jeanne n'a rien à se reprocher. On ne ment pas quand, en face de la mort, on prend l'Être suprême à témoin de son innocence; ce serait un double sacrilège, et la plus infâme créature reculerait devant ce forfait.

M. Guérin souligna d'un geste imposant ces dernières paroles.

Pierre Vivant se taisait, mais ses traits mâles se contractaient sous l'empire d'une impression poignante.

— Vous avez raison, monsieur, murmura-t-il enfin d'un ton ému. Ma sœur n'est pas une créature infâme. Elle a juré devant Dieu, cela suffit. Puisque la violence qu'elle a subie est la cause de sa tristesse, je m'engage à ne lui parler jamais du passé, et je m'efforcerai de le lui faire oublier.

« C'est là sans doute ce qu'elle attend de moi, et c'est pour me le dire de sa part que vous m'avez mandé chez vous.

« Quant à vous, monsieur Guérin, je vous serai toujours reconnaissant de vous être porté garant de la pauvre fille. Vous m'avez prévenu; peut-être, si de méchants bruits eussent frappé mon oreille, me serais-je laissé aller à un aveugle emportement.

Vous m'épargnez d'amers regrets, grand merci.

« Jeanne doit épier mon retour, j'ai hâte de la rassurer.

Derechef il se disposait à prendre congé du docteur.

— Hélas! mon bon Pierre, reprit celui-ci, ma tâche n'est pas terminée. Je vous ai dit la vérité. Ce que j'ai encore à vous confier est plus lamentable que ce que je vous ai appris.

Inquiet, il demanda :

— Quelle chose est plus lamentable que le viol?

— Ses conséquences.

— Ses conséquences! balbutia-t-il; cela signifie que ma sœur est...

Il n'osa prononcer le mot, mais son regard anxieux demeura fixé sur le docteur.

Celui-ci baissa la tête tristement.

Une fureur indicible s'emparait de Pierre Vivant; il déchargea un coup de poing sur le bureau de M. Guérin.

— Mille millions de tonnerre! s'écria-t-il, cela n'est pas juste. Un chenapan violente une honnête fille, et de suite la voilà mise à mal. Et cependant, il y a des milliers de Marie Couche-toi-là à qui l'on n'épargne pas la graine et qui ne portent pas fruit. Que fait donc Dieu là-haut?

« Oh! ce Robert Baudrant, si je le tenais, je le tuerais comme un chien enragé.

« Ma pauvre sœur, poursuivit-il d'une voix âpre, fille-mère ! son enfant, le bâtard d'un gredin ! Point de réparation possible. On va s'égayer aux dépens de Jeanne ; on rira de son malheur, du mien.

« Un malheur, dira-t-on, elle est bien bonne ! La petite est une sainte-nitouche. Elle a fait la noce avec le commis et n'a que ce qu'elle mérite. Le vieux est mort de honte. Pierre, lui, s'en moque, un sans-cœur... Par tous les diables, gare à qui chantera cette chanson en ma présence !

« On n'osera, connu ; mais derrière on se gaussera. Monsieur Guérin, cela ne sera pas. Adieu !

Au moment où il s'éloignait, le médecin lui cria :

— Pierre Vivant, souvenez-vous que votre sœur est innocente.

Il répondit :

— C'est justement à cause de cela que je ne veux pas qu'elle soit exposée au mépris des gens qui ne la valent pas.

Demeuré seul, M. Guérin respira plus à l'aise.

— Un garçon violent, murmura-t-il, mais loyal au demeurant, il est heureux pour cette pauvre petite Jeanne que j'aie pu le convaincre. Non seulement elle n'a plus rien à redouter de lui, mais il sera son plus ferme soutien. Quel parti va-t-il prendre ? Je serais curieux de le savoir.

Chez Pierre Vivant, la pensée était alerte

comme l'action, la décision prompte. Il s'était promis de soustraire Jeanne aux injustes sévérités de l'opinion. Sur la route de la Mare-aux-Loups, qu'il arpentait de toute la vitesse de ses jarrets, il arrêta son plan et se sentit déjà soulagé.

Au logis de la forêt, Jeanne épiait à la fenêtre le retour de son frère. Quelques minutes après le départ de Pierre pour Stenay, elle s'était installée à ce poste et n'en avait plus bougé.

Chaque fois qu'une silhouette de voyageur apparaissait dans le lointain, le cœur de la jeune fille battait à se rompre, ses yeux se voilaient.

— Est-ce lui ? se demandait-elle avec terreur. Va-t-il aussi me maudire ?

Et sa main fouillait dans son corsage dont un objet volumineux tendait l'étoffe.

Enfin elle aperçut un homme qui se dirigeait à grands pas vers la Mare-aux-Loups. Au canon de fusil qui dépassait la tête du voyageur, à son allure, elle reconnut son frère.

— Lui ! dit-elle à voix haute. C'est la vie ou la mort.

Bientôt Pierre Vivant pénétra dans le jardin. A ce moment, on pouvait distinguer ses traits. La jeune fille arrêta sur lui un ardent regard.

Quand le garde ouvrit la porte de la cuisine, renversée sur sa chaise et les mains jointes, Jeanne ne fit pas un mouvement. A voir son visage d'une pâleur de cire on eût pu la croire morte. Ses yeux seuls vivaient suppliants.

Pierre s'était arrêté sur le seuil, et, sans mot dire, interrogeait d'un regard scrutateur ces yeux d'enfant, candides et doux.

Son cœur ressentait une pitié profonde, mais sa bouche restait muette.

L'enfant s'imagina qu'il la jugeait indigne de pardon. Sans mot dire, avant que son frère eût pu deviner son intention et s'y opposer, elle porta la main à son corsage, saisit le revolver qu'elle tenait caché là et se tira un coup en pleine poitrine.

En tombant, elle murmura : Maudite! et expira.

TABLE DES MATIÈRES

Paris — Imp. Vve Albouy, 75, av. d'Italie.

NOS PRIMES

OUVRAGE DE LUXE :

LA RUE ET LA ROUTE

Par Emile ZOLA — Arsène HOUSSAYE
Guy de MAUPASSANT — ROBERT DE BONNIÈRES
Paul ARÈNE — Théodore de BANVILLE
Camille LEMONNIER — Jules CLARETIE — Catulle MENDÈS
Armand SILVESTRE

LES PLUS TRISTES

Par Guy de MAUPASSANT — Jules BARBEY D'AUREVILLY
Théodore de BANVILLE — Paul ARÈNE — Léon CLADEL
Georges de PEYREBRUNE — MAUFRIGNEUSE
Catulle MENDÈS — Joseph MONTET — Armand SILVESTRE

L'AMOUR AU THÉATRE

Par Edmond de GONCOURT — VALRÉAS
Arsène HOUSSAYE — Théodore de BANVILLE
Paul ARÈNE — Léon CLADEL — René MAIZEROY
Armand SILVESTRE

Ces volumes du prix de* 6 FRANCS *contiennent un très beau portrait de

Emile ZOLA — Guy de MAUPASSANT — Edmond de GONCOURT
GRAVÉ A L'EAU FORTE PAR E. ABOT

A tous nos Lecteurs nous envoyons *franco* chaque volume :

LA RUE ET LA ROUTE
LES PLUS TRISTES
L'AMOUR AU THÉATRE

contre la somme de 2 FRANCS

Didier et Méricant, Editeurs, 1, rue du Pont-de-Lodi, Paris

EN VENTE PARTOUT

LE NU ANCIEN ET MODERNE

Chefs-d'Œuvre du Monde entier.

ÉCOLES		ÉCOLES
Française		**Italienne**
Flamande		**Anglaise**
Allemande		**Orientale**

COLLECTION COMPLÈTE en 10 fascicules brochés. . **6 fr.**

L'ALBUM COMPLET, très élégamment relié . . . . **8 fr.**

Voir au commencement du volume le catalogue complet des ouvrages parus et en vente partout.

www.ingramcontent.com/pod-product-compliance
Lightning Source LLC
LaVergne TN
LVHW020327230826
846091LV00003B/783